天使と悪魔のシネマ

Onodera Fuminori

小野寺史宜

ポプラ社

天使と悪魔のシネマ

映画館に入る前と
映画館を出たあとでは
何かが変わってる。
だから映画は好き。

女優　K・S

本日の上映スケジュール

装画・本文イラスト
カシワイ

装丁
岡本歌織（next door design）

レイトショーの
ケイト・ショウ

自分を含めてお客が二人、というのは前にもあった。天使や悪魔が出てくる映画を観たときだ。それでも、二人はいた。仕事のあとで七美《ななみ》と観たから。

だが今日は一人。さすがに驚いた。いくらレイトショーとはいえ、座席数百強の映画館で、まさか一人とは。

僕がチケットを買っていなければ、この回の上映はなしになっていただろう。もしそうなら、かなりの節電にもなっていたはずだ。

何か申し訳ないな。でもちょっと贅沢な気分だな。ただ、真っ暗な館内に一人というのも、それはそれでこわいけど。

と、そんなようなことをうっすら思いつつ、僕は前方のスクリーンを眺めていた。

映画の舞台は、アメリカ南部、ニューオーリンズだった。有名な歓楽街であるフレンチクォーターも出てきた。バルコニー付きの建物が所狭しと並ぶ通りの華やかな風景は、とても懐かしかった。一度訪れたことがあるのだ。これもまた七美と。

筋という筋もないままに映画は進み、ビルの建設現場から唐突に鉄骨が落ちてきて、下の通りを歩いていた男が死んだ。てっきり彼が主役だと思っていたので面食らったが、事故を目撃した女のあとをカメラが追いだしたため、これで話も動きだすのだろうと納得した。

が、そこからが長かった。

タイトなニットにデニムというラフな服装のその女は、フレンチクォーターの一角にあるバーに入り、カウンター席に座って、ボトルのビールを飲んだ。そして口髭のバーテンダーと世間話をした。バーといっても、日本のそれのようなかまえた店ではない。昼間からふらりと立ち寄って軽く飲める。そんな、いかにもアメリカ的な店だ。

天気がどうの景気がどうのオバマがどうのと、女は思いつく話題を片っぱしから口にした。クエンティン・タランティーノの映画によくそんなシーンがある。筋とはあまり関係ないことを、登場人物が延々と話すのだ。これもその類《たぐい》かもしれない。そう思った。

「一度大きなのに見舞われたからって、この街がまたすぐにもっと大きなハリケーンに見舞われないなんて保証はないのよね」と女が言い、

「ないね。むしろまた見舞われると覚悟しておくべきだろうね」とバーテンダーが言った。

「わかってんのに、どうしようもないのよ。だって、住んでんだから」

「ああ。どうしようもない」

「家にこもってたって、来るものは来る。そんなこともあるとわかってんのに、避けられない。それって、どうなのよ。ねぇ、どう思う？」

女は白人で、金髪だった。染めた金髪のような感じもあった。目と目が少し離れていた。そのあたりが、ここ数年あまり見なくなった女優のエレン・バーキンを思わせた。万人が認める美形ではないが、好きな人は好きな顔だ。

「ねぇ。どう思う？　って訊《き》いてんのよ」と、女がなおも言う。

正面から見たその顔が、スクリーンに映しだされていた。カウンターの内側から撮影したのだろう。

「ねぇ、ちょっと。聞いてる?」と女がさらに言う。

女と僕。映画の登場人物と観客の目が、スクリーン越しにばっちり合う。

「黙ってないで何とか言ってよ」

そして奇妙な間ができる。自分が言われているのかと、錯覚しそうになる。

「ねぇ、そこのあんたよ。F列の8番に座ってるあんたよ」

え?

まさかとは思いつつも、前列の座席の背もたれ上部に貼られたプレートを見る。E－7。

そしてスクリーンに目を戻す。女がやはり僕を見ている。返事を待っているように見える。

観客が自分一人であることがここでは力になり、思いきって言う。女に届くよう、やや大きめの声で。

「えーと、僕はFの7番、ですけど」

「あぁ。じゃ、まちがえたわ。あたしから見てじゃなく、あんたの左から数えんのね。でもわかるでしょ。そこにはあんた一人しかいないんだから」

参った。成立した。何がって、会話が。

「えっ、ちょっと。どういうこと、ですか?」

「どういうことも何もない。こういうことよ」

こういうこと。そうか、そういうことか。きっと、今のこの様子を、どこかから撮影されているのだ。

「いわゆるドッキリってことですか？」

「は？　何それ。ちがうわよ」

「でも」

「あんた、タレントか何か？」

「そうではないですけど」

「なら、あんたをだまして、それが何になんのよ」

「いや、あの、素人ドッキリみたいなことで、誰であれ、だまされる姿はおもしろいのかなぁ、と」

「あたしがおもしろがってるように、見える？」

「見えない、ですね」

「そう。だからそういうのではない」

と言われたところですぐには信じることもできないが、確かに、ドッキリにしては地味だ。それに、手がかかりすぎている。時間もかかりすぎている。仕掛ける側にわざわざ外国人を起用して、日本語吹替でこれをやる意味もないだろう。

そこでふと思った。そもそも、何故僕はここにいるんだ？　タイトルさえ知らないこの映画を、何故観たんだ？　基本的に、日本語吹替版は観ないのに。

「理解した？」と訊かれ、

「まあ」と答えた。

そしてついでに感想を洩らす。

「すごいな。ウディ・アレンの映画みたいだ」

「『カイロの紫のバラ』ね」

「あぁ。そこはきちんと邦題で言うんだね」

「だって、そこだけ英語で言ったらわかりづらいでしょ」

映画の登場人物と観客が、スクリーン越しにやりとりする。まさに『カイロの紫のバラ』どおりの状況だ。

「あたし、ケイト・ショウ。あんたは？」

「えーと、河合《かわい》英道《ひでみち》です。ヒデミチカワイ、のほうがいいのかな」

「ヒデミチ。わかりづらいわね、日本人の名前は。まあ、吹替だから発音はできるけど。ねぇ、あんた、あたしのこと知ってる？　女優として」

「いや、えーと」

「知らないか」

「悪いけど」

「いいのよ。知ってるわけないから。だって、売れてないもの。いい役ももらったことないし。映画だと、何年か前のホラーで、三番めに殺される女子高生の役をやったことがあるくらい。といっても、あのときでもう二十八だったけど。あれ、日本で公開されたのかな」

「されてたとしても、ホラーはあまり観ないから」

「観られてなくて何よりよ。あたし、わけもなく裸になってるし」

「あの、ケイトさん、というかショウさんは、アメリカ人？」

「じゃなくて、イギリス人。でも仕事はアメリカでしてる。何せ、仕事の数そのものが多いから。その分、女優の数も多いけど」

「女優さんなのは、ほんとなんだ？」

「そりゃそうよ。だって、こうして映画に出てるじゃない」

頭のなかで、理屈の糸がこんがらがる。何を言っていいかわからなかったので、とりあえず思いついたことを言った。

「ケイトっていう名前の女優さん、多いよね」

「多いわね。ケイト・ハドソン、ケイト・ウィンスレット、ケイト・ベッキンセイル。ケイト・キャプショーなんて人もいたわね、スピルバーグの奥さんになった。そのなかじゃ、あたしが一番下のケイトかな」

「ケイト・ブランシェットも、いるよね」

「あぁ。いるわね」

「あの人が、女性なのにボブ・ディランの役をやった映画、観たよ」

「『アイム・ノット・ゼア』ね。わたしはそこにいないってやつ」

「素人だから、映画そのものの出来がどうなのかはわからないけど、あとのほうの場面で見せたさびしげな表情は、すごくよかったよ。何ていうか、人に囲まれつつ孤独と付き合っていくしかないんだと悟ったような感じで。いい女優さんだと思ったな」

「ちょっと。女優の前でほかの女優をほめないでよね。一番下の女優だって、女優は女優なんだから」

「あぁ。ごめん」

ケイト・ショウは、吸っていたタバコを灰皿に捨て、次の一本にライターで素早く火をつけた。世論の影響やスポンサーの意向からか、最近の映画では、登場人物がほとんどタバコを吸わない。だがケイト・ショウはスパスパ吸った。もうこれで三本めか四本めになるだろう。

館内に音楽は流れていなかった。つまり、映画音楽としての音楽は。スピーカーからは、店の音だけが聞こえていた。人々の話し声にグラスを置く音やイスを引く音が交ざる、雑然としたバーの音だ。

「あのさ」ケイトさんもショウさんも何かしっくりこないので、しかたなくこれを選んで言う。

「君は、えーと、誰なのかな」

「だからケイト・ショウよ」

「いや、そういうことじゃなくて。映画の役の人物なのか、日本語吹替の声優さんなのか、それとも女優のケイト・ショウさん自身なのかってこと。僕は、そのなかの誰と話してると思えばいいんだろう」

「ケイト・ショウね。女優のケイト・ショウ」

「君のそのセリフは、シナリオライターさんが考えてるわけでもないんだよね？」

「ないわね。いつ考えんのよ、今こうしてあんたと話してんのに。あんたのセリフはあんたが考えてるでしょ？　それと同じよ」

「あぁ。うん」

「それはそうと、あんた、何歳？」

「三十五」

「そうなの。あたしと同じなんだ。で、何してる人？」

「地下鉄の運転士」

「へぇ。じゃ、何？　一日じゅう、地下にいるわけ？」

「一日じゅうではないかな。ほら、路線によっては外を走ったりもするし。途中で外に出たりもするよ。で、また潜る。駅や線路をつくる都合でそうなったんだろうね。どうしても外につくらざるを得ないとかで」

ケイト・ショウは、タバコを吸い、ビールを飲んだ。どちらもうまそうにだ。

僕はタバコを吸わないから、そちらにはそそられない。だがビールは飲みたくなった。ケイト・ショウ同様、ボトルから直《じか》に。

「地下鉄って、いいわよね」

「いいって、何が?」

「初めて降りる駅で地上に出るとき、何かワクワクするじゃない。この街はどんな感じなんだろう、どんな風景が待ってるんだろうって」

「方角がまったくわからなかったりもするよね。外に出るまでの階段で、何度も方向転換させられるから」

「そうそう。それから、ちょっと乗っただけなのに、出ると、空が真っ暗になってたりもする。どこよ、ここ。いつよ、今。みたいになんのよね」

「なるね。時間をごまかされたような気分になる」

「地下から地上に出るたびに、あたしが売れっ子になってる世界に変わったりしてないもんかと思うけど。まあ、変わってくれないわね、そこは」

果たして笑っていいものかと僕は思ったが、ケイト・ショウ自身が笑っているのを見て、笑った。

何となく、ケイト・ショウはすでに亡くなっているのではないか、とも思った。こんな不思議なことが起きているのだから、むしろそうであって当然のような気がする。女優として売れなかったことに未練を残したまま亡くなった。そういうことかもしれない。

有名ではないにせよ、女優なら何かヒットするだろう。あとで検索でもしてみよう。

と、そう決めた直後に、ケイト・ショウが言った。

「あたし、生きてるわよ」

「え？」

「今、そういうようなことを、考えなかった？」

「いや、あの」

「死んだのはあんた」

「は？」

「死んだのは、カワイヒデミチ。ケイト・ショウではなく」

「いや、ちょっと。何それ」

「ドッキリでも何でもない。これは紛れもない事実。カワイヒデミチは、ついさっき死んだの。四時間ぐらい前」

「やめようよ、そういうの。冗談にしても、タチが悪いよ」

「冗談ならタチが悪いけど、冗談ではないからしかたないわよ」

「ちょっと待ってよ」

「待つわよ、何分でも。タバコとビールがあれば、あたし、一時間は待てる」

冗談だとは思わなかった。くり返しになるが、冗談にしては手間暇がかかりすぎているのだ。ただ、だからといって、ああそうですかとすぐに受け入れられる話でもない。

「いきなりそんなことを言われても」

「こういうことは、どうしたっていきなりになんのよ。これから言いますよって予告したところで、その予告がいきなりになるでしょ？　だからそうなるのは避けられないわけ」

「まあ、そうかもしれないけど」

混乱した。意味がわからない。まずは、突然の死の意味が。それから、死んだのに映画館でスクリーンのなかのイギリス人女優と話をしていることの意味が。

ケイト・ショウがビールのお代わりを頼んだことが、目の動きでわかった。スクリーンの左端からすぐにバーテンダーの手がのびてきて、カウンターに新たなボトルが置かれる。

ケイト・ショウがそのビールを一口飲むのを待って、尋ねた。

「もしかして、地下鉄の事故？」

「そうじゃない」と答が来る。

走行中に重大事故が起きて、運転士である僕が死亡したのかと思ったのだが、ちがったらしい。

「あんたは外の通りを歩いてたのよ。そしたらね、ビルの建設現場から鉄骨が落ちてきたの。ツイてなかったとしか言いようがない」

「さっきの人みたいにってこと？　そっちにいた、というか、映画に出てた彼」

「そう。まさにあのとおり」

それを、映像で見せてくれたわけか。テレビ番組などでよくある、再現ＶＴＲのように。

「言葉で説明しても、よくわからないでしょ？　見てもらったほうが、ずっと早い」

「でも俳優までつかってやるほどのことは」

遮るように、ケイト・ショウが言う。

「ない？　あんた、実際の現場を見たい？　自分が死ぬところを、見たい？　こんなことができるくらいだから、たぶん、それだってできるわよ。やろうと思えばね」

言葉に詰まった。さすがに。

実際の現場。見たくない。自分が死ぬところ。見たくない。事実だとすれば、あまりにもひどい。鉄骨が上から落ちてくるって、それ、何だ。仕事がある日ならたすかったってことか？　いつものように地下にいれば安全だったってことなのか？

「これは、そのための映画だったってこと？」

「そう」とケイト・ショウはあっさり認める。「自分がどうやって死んだかを知らない人って、案外多いもんなのよ。考えてみれば、そうよね。寝てるあいだに心臓発作を起こせばそうなるだろうし。起きてるときだって、前から来た車にはねられればわかるだろうけど、後ろからじゃわからない。銃でいきなり頭を撃たれても同じ。まあ、銃のケースは、あんたの国ではほとんどないでしょうけど。とにかくね、自分がどう死んだかを知らない人っていうのは、思った以上に多いのよ。そんな人たちに、これこれこうでしたって伝えるの」

「伝える必要が、ある？」

「伝えないと、霊として残っちゃう人もいるらしいのよ。そうならないように、こうするわけ。最後の娯楽も兼ねて。せっかくだから、いくらかドラマチックに伝える」

与えられた情報の内容が突飛すぎて、どうにもついていけなかった。よって、自らする質問までもが突飛なものになった。

「霊って、いるんだ？」

「いるわね。まあ、言ってみれば、今のあんたも霊みたいなもんだけど」

「残っちゃう霊っていうのは、どんなふうなんだろう」

「ソフトボールよりは大きくてバレーボールよりは小さいぐらい、らしいわね」

「とすると、ハンドボールぐらいってこと？」

「ハンドボールの大きさを知らないから何とも言えないけど。知ってるあんたがそう思うなら、たぶん、そうなんじゃない？」

「見たことある？　霊」

「ないわよ。あたし、霊感はないの」

「でも今は、僕が見えてるんだよね？」

「これは別よ。それなりの機関が、お金をかけて、高い技術を駆使してやってることなんだから」

「それなりの機関ていうのは、国とかってこと？」

「そこまでは知らない。あたしは組合経由で仕事をもらってるだけだから、詳しいことは知らされてないのよ」

「それにしても」と、僕は自身にも問いかけるように言う。「こんなことが、できるんだ？　こんな、科学と非科学の融合みたいなことが」

「できるんでしょうね。まあ、できるからって実際にやっちゃうあたりがアメリカだけど。さすがはハリウッドよね。よくも悪くも」

「でも今回に関しては、場所は日本、俳優も日本、でよかったんじゃないかな。あとは、君のその役も」

「あまりにも身近すぎると、潜在的な記憶が刺激されておかしなことになるとか、そういうことなんじゃない？」

それは、ちょっとわかるような気がした。頭でではなく、何というか、膚《はだ》感覚で。

「あたし、いずれ記憶を消されちゃったりするのかもね」と、ケイト・ショウが冗談ぽく言う。

「ハリウッドのSFなんかで、そういうの、ありそうじゃない」

「もう消されてたりして」

「ん？」

「こんなことができるんなら、毎日きちんと消すんじゃないかな。撮影を終えてスタジオを出る前とかに。毎回消されるから、君が覚えてないだけかもしれない」

「あぁ。そうかも。だとしたら、ヤバそうね。体によくないものを、かなり浴びちゃったりもしてるのかな」

「いや、まあ、そのあたりのことは解決できてるから、こうやって実行されてるんだろうけど」

「何にせよ、あたしみたいな売れない女優は、こんな仕事も受けるしかないのよ。こういう、日の目を見ない仕事もね」

日の目を見ない仕事。まさにそのとおりだ。ケイト・ショウの言うことが事実なら、彼女はすでに死んでいる僕一人を相手に、こうして演技らしからぬ演技をしているのだから。そしてその演技がどんなに素晴らしくても、僕の口からその素晴らしさが誰かに伝わることはないのだから。

「ねぇ」と僕はケイト・ショウに言う。

「何？」

「死にたくないっていうのは、もう無理なのかな」

「ええ。無理ね。残念だけど」

予想どおりの返事だった。それはそうだろう。その願いが通るのなら、今こんなことはしてない。

　ようやく、少し冷静になった。状況をある程度把握したことで、気持ちが落ちついたのかもしれない。死を受け入れたということでは、決してないが。

「カノジョがいたんだ」

　言ってから、しまった、と思った。いる、ではなく、いた。自ら過去形で言っている。

「それは、気の毒ね。あんたも、そのカノジョも」

「七美っていうんだよ。七に美しいで、七美。セブンビューティー、かな。英語にすると」

「無理に英語にしなくていいわよ。吹替版なんだし」

「うん」

　一度名前を口に出してしまうと、もう抑えは利かなかった。訊かれてもいないのに、僕は言った。

「七美は、北山《きたやま》七美だよ。北に山で、北山。室町時代の北山文化の、北山」

「よくわからないけど」

　これはしかたない。イギリス人なのだから、わからないだろう。日本人だって、受験生でもなければわからない。僕自身、七美にそう聞かされてなければわからなかっただろう。

　でもそんなことはいい。何でもいいから、しゃべりたかった。とにかく七美のことを、誰かにしゃべっておきたかった。誰かに。今この場では、ケイト・ショウに。

『アイ・ウォント・トゥ・トーク・アバウト・ユー』。ジャズのサックス奏者であるジョン・コルトレーンの演奏でよく知られる曲だ。君と話をしたい、ではなく、君のことを話したい。今なら、その気持ちがわかる。痛いほどわかる。何なら、今この瞬間、世界で一番正しくその気持ちを理解しているのは僕だと言ってもいい。言いすぎにはならないだろう。今の僕が言うのなら。

「七美は家具メーカーに勤めてるんだ。大きくはないけど、商品の評判はいい会社」

「そう」

「僕もベッドとテーブルをつかってるよ。実際、どっちもすごく質がいい。デザインもシンプルで、飽きがこないし」

「つかってみたいわね、あたしも」

「つかってほしいよ、ぜひ。まあ、アメリカでは売ってないかもしれないけど」

その街並みを映像で観たばかりだからか、七美と訪れたニューオーリンズのことをあらためて思いだした。

二人でする初めての海外旅行で、休みを合わせるのが大変だった。あちこちをあわただしくまわるのでなく、一ヵ所に腰を据えよう。僕はそう提案した。七美も賛成してくれた。僕の希望地はアメリカのニューオーリンズで、七美の希望地はフランスのマルセイユだった。どちらも港町だ。

まずは少しでも安く行けるほうへ。ということで、先にニューオーリンズへ行くことになった。

ジャズ発祥の地とされるニューオーリンズ。フレンチクォーターのそばのホテルに連泊し、街の路上で演奏されるディキシーランドジャズを毎日聴いた。ケイト・ショウのように昼間からバーに入り、地元のビール、ディキシーを飲んだ。カフェデュモンドでベニエも食べたし、レストランではガンボもザリガニも食べた。ミシシッピ川を走る観光船にも乗ったし、川辺のボードウォークも歩いた。黒人の男の子が寄ってきて、十セントくれと言うので、あげた。だが寄ってくる皆にあげているときりがないので、じきにあげなくなった。そんなあれこれのすべてが楽しかった。七美も街を気に入り、また来ようね、と言った。それがまたうれしかった。

ちなみに。次に行くはずだったマルセイユには、まだ行ってない。もう行けない。

「例えば結婚なんかを考えてたわけ？」とケイト・ショウに訊かれた。

「考えてたね」と答える。「考えてるどころか、間近だったよ。式は一週間後だった」

「そうなの」

「そう」

だから、新居の家具はすべて七美の会社のものでそろえるつもりでいた。利用できるという社員割引に、ちょっと期待してもいたのだ。

「迷惑かけちゃうな、いろんな人に。これを機に礼服をつくり直すって言ってた友だちもいたのに」

「迷惑とは思わないでしょ、みんな」

「だといいけど」

「礼服も、ちがう意味で役に立つはずだし」

「あぁ。そうか。そうだね」と笑った。

「別に冗談で言ったわけじゃないわよ」

「だとしても、笑っておきたいよ」

ケイト・ショウが、タバコの煙をふっと吐いて、ビールを飲んだ。煙が僕に向かわないよう、吐くときは常に横を向いて吐く。初めからずっとそうだった。僕らのあいだには、スクリーンがあるのに。

「あのさ」

「ん？」

「君は、何ていうか、結構、ビール飲むよね」

「ええ。飲むわね」

「それは、今だけのこと？」

「今だけって？」

「えーと、撮影なんかのあとも飲むのかな。つまり、私生活でも飲むのかな」

「飲むわね」

「昼間から？」

「のときもあるかな。仕事がなければ。まあ、ないときのほうが多いけど。何でそんなことを訊くわけ？」

「いや、あの、私生活に立ち入るつもりはないんだ。でも、ほら、ビールみたいに強くはないお酒でも、依存症にはなるっていうから」

ケイト・ショウは、ちょっと驚いたような顔をした。あるいは演技かもしれない。もしそうなら、そのちょっとが巧《うま》かった。

「あぁ。心配してくれてんの」

「まあね。一度そうなっちゃうと、あれは大変らしいんだ。一年お酒を断ってても、一杯ならいいか、ですぐに戻っちゃう。実際、それで身をもち崩した人が職場にもいたよ。運転士って、きちんと睡眠をとっておかなきゃいけないから、寝つきをよくするために飲む人も多いんだ。で、その人の場合は、まだ寝れないまだ寝れないで、どんどん量が増えていって、最後には退職せざるを得なくなった」

それまでになくゆっくりと煙を吐きだして、ケイト・ショウは言った。

「あんたは、人のことを心配しなくてもいいと思うよ」

「だよね」と素直に同意する。「人のことを心配できる立場じゃない」

「でも、わかった。あんまり飲まないようにするわよ。できるかどうかは、自信ないけど」

「ごめん。何か余計なことを言ったね。僕ら、初対面なのに」

「かまわないわよ。初対面だから言えることもあるし」

「初対面だからというよりは、もう会うこともないから、という感じだよね」

「まあ、そうね。だから、今ここでは何を言ってくれてもいいわよ。シェイクスピアも知らないで何が女優だ、とか、お前なんかやめちまえ、とか」

「言わないよ、そんなこと」

その代わり、こんなことを言った。言おうか言うまいか迷った末に。今さら言い惜しんでどうするのだ、と思って。

「そこにいてくれたのが君でよかったよ。これはほんとに」

「ケイトはケイトでも、ブランシェットのほうがよかったんじゃない?」

「いや。君でよかった。というか、君がよかった。ブランシェットさんだけじゃなく、ショウさんも、いい女優さんだと思うよ。全然負けてないよ」

ケイト・ショウはビールのボトルを口に近づけたが、すぐにカウンターに置いた。あんまり飲まないようにする、と言ったばかりだからかもしれない。でも結局は飲んだ。

「何を言ってもいいって言うから、一応、もう一度訊くけど」

「どうぞ」

「もう、もとへは戻れないんだよね?」

ケイト・ショウはさっきと同じ答え方をした。

「ええ。無理ね。残念だけど」

「じゃあ、せめて伝言を頼めたりは、しないのかな」

「伝言？」

「そう。七美に」

「例えば？」

「向こうで待ってる、とか、君のことは忘れない、とか」

それを聞いて、ケイト・ショウは黙った。何やら考えているように見えた。

伝言くらいなら可能、ということだろうか。

一瞬、期待しかけた。が、すぐに思い直した。

「いや、ダメだ。今のなし。やっぱりいいや。聞かなかったことにして」

「どうして？」

「そんなことを言われたら、七美がほかの男と結婚しづらくなる。無茶だよね、そんなの。七美はまだ若いんだし」

そう。若い。僕より三つ下。今、三十二歳。本人はもうおばちゃんだと言ってたが、そんなことはない。まだまだこれからだ。それに、人生は、おばちゃんになってからのほうが長いのだ。

「あんた、いい人みたいね」

「まさか。そんなことないよ。今だからこんなこと言ってるけど、七美とはよくケンカもしたよ。

それも、くだらないことで」

「くだらないことって？」

「えーと、多すぎて絞れないけど。ぱっと思いつくことで言えば、焼鳥かな」

「ヤキトリ？」

「そう。小さい鶏肉を三つ四つ串に刺して焼いたやつ」

「あぁ。それなら見たことある。日本食レストランで」

「あの鶏肉を、七美は全部串から外しちゃうんだよ。そうすれば分け合えるし、いろんな種類を食べられるからって。でも僕は、串のまま食べたいんだ。串一本分食べて初めて、焼鳥を食べたって気になるからさ。食べやすいようにってことで刺した串を、わざわざ外すことも、ないよね」

あたしにそう言われても、とばかりにケイト・ショウが首をかしげる。

それを見て、続けた。

「って、今する話じゃないか。何なんだ、今ここで焼鳥って」

「いいじゃない。何でも話しなさいよ」

「じゃあ、えーと、これはついでだから言っとくよ。正しいのは七美だ。焼鳥は、串から外して分け合えばいい。一本食べたいなら、一人のときにそうすればいい。二人のときは、分け合えばいい」

死に直面した今だからだろうか。焼鳥のことだけでなく、すべてにおいて自分が悪かったような気がする。マルセイユよりニューオーリンズを先にしてしまったことも。七美に勤務地変更を伴う異動がありそうだからとの理由で、結婚を一年先延ばしにしてしまったことも。よりにもよって鉄骨が落ちてくるその場所に、よりにもよって鉄骨が落ちてくるその時間に居合わせてしまったことも。

「ねぇ、あんたにこんなことを訊くのもあれだけど」

「何だろう」

「死ぬの、こわい?」

「うーん。正直、よくわからないよ。ついさっき知ったばかりだし、これまでは考えたこともなかったから。ただ、痛みは感じなかったんで、それはよかった。あの映像どおりなら、かなり痛かったはずだよね。でもその記憶もないんで、その意味ではよかったよ。まさか、これから痛みを感じるようなことは、ないいんだよね?」

「ええ。たぶん」

「だけど」

「だけど?」

「そういうのとは別に、やっぱり、こわいことはこわいよ。今もそう。考えれば考えるほどこわくなる。どんどんこわくなってくる。こんなふうにいきなりすべてが終わっちゃうなんて、ものすごくこわいよ。理不尽だって思うよ。こんなのって、ないよ」

あやうく声が震えるところだったので、口を閉じた。代わりに頰の筋肉が少し震えた。ケイト・ショウには気づかれなかっただろう。あちらは明るく、こちらは暗いから。

どうにか震えがおさまるのを待って、口を開く。

「でも実際にあるんだね、こんなことが。自分がこうなって、やっとそれを知るんだ。で、知ったときはもう遅い」

そして音楽が流れた。映画音楽としてではない。ケイト・ショウがいるバーで流れる音楽として、聞こえてきたのだ。

だから大きな音ではない。クリアな音でもない。だが驚いた。曲が『アイ・ウォント・トゥ・トーク・アバウト・ユー』だったのだ。それも、コルトレーンのクァルテットによる演奏の。気難しい哲学者といった印象のあるコルトレーンも、この曲では、楽しげに、朗々とテナーサックスを吹く。まるで自分に束の間の休息を与えるみたいに。

七美。本当ならあと一週間で河合七美になっていたはずの、北山七美。

できるなら、もう一度君と話したい。でもできないから、君のことを話した。さっき初めて会ったばかりの、ケイト・ショウに。

焼鳥のことなどでなく、もうちょっと気の利いた話をしたかった。が、とにかく話ができてよかった。相手がケイト・ショウでなかったら、七美の話そのものができなかったかもしれない。今は何となくそう思う。

こちらを見ているケイト・ショウに尋ねる。

「もしかして、僕はそのスクリーンを通ってそっちに行くとか？　それこそ『カイロの紫のバラ』みたいに」

「そうじゃない」

ケイト・ショウはさびしげに笑い、首を横に振る。そして言う。

「そうじゃない。移動はすんでる。あんたはもう、そっちにいるのよ。あの映画とちがって、このスクリーンを通り抜けたりはできない。あんたも、あたしも」

ケイト・ショウのそのさびしげな笑いは、ボブ・ディランを演じたケイト・ブランシェットのそれに似ていた。模倣でなく、似ていた。似ているが、同じではない。ショウはショウで、こちらの胸を打つ。やっぱり僕は、君のことをいい女優さんだと思うよ。

曲は進み、コルトレーンが一人でいわゆるカデンツァを吹くパートに移っていた。

「もう一度だけ訊くけど」と僕は言った。「スクリーンのそっちに戻ることは、できないんだね？」

「ええ。そうね。できない」とケイト・ショウは言った。言葉の最後に、残念だけど、は、もうつかなかった。

スクリーンに、エンドロールが流れはじめた。ケイト・ショウのあごから頭へと、英語の文字がゆっくり上っていく。画面が二つに分割され、ケイト・ショウの顔が半分の大きさになって、右側へと移る。

「もう、行ったほうがいいんだね？」

「ええ」

僕はF列7番の座席から立ち上がり、右に歩いて通路に出る。次いでゆるやかな階段を下り、スクリーンに近づく。そして下りきったところで、ケイト・ショウに声をかける。

「いろいろありがとう。じゃあ」

ケイト・ショウがうなずく。言葉はない。でもそれでいい。じゃあ、また、とは言えないはずだし、ここでのさよならはあまりにもさびしい。

足を止めずに角を曲がってターンをし、僕は出口の扉へと向かう。出入口ではない。出口。そう言いきってしまっていいだろう。

僕は扉を押し開ける。

その途端、真っ白な光に包まれる。


彼自身が働いていた地下とは正反対の白い世界に河合英道が消えて扉が閉まると、館内にはその地下と同質の闇が戻る。

観客はゼロ。

だがエンドロールが流れたあとも、映画は続く。

二分割された画面。その右側には、ケイト・ショウ。そして英語の文字が流されていた左側には、本編ではつかわれなかった各種映像が流される。

まずは、撮影現場の映像。

本番前。バーカウンターのイスに座り、シナリオを手にぼんやりしているケイト・ショウ。

そのシナリオの役名欄にはただバーテンダーと記されているバーテンダーが、イメージトレーニングも兼ねてグラスを拭きながら、彼女に言う。

「あんたの役も大変だね。気持ちの負担がデカすぎる」

「まあ、楽ではないわね」

ケイト・ショウに関しては、役名までもがケイト・ショウだ。たまたま彼女がキャスティングされたから、そうなった。ケイト・ブランシェットがキャスティングされていたら、役名もケイト・ブランシェットになっていたはずだ。とはいえ、現実的にケイト・ブランシェットがキャスティングされる可能性はまずないが。

それでも、名前があるだけいい。ただのバーテンダーよりはマシだろう。ケイト・ショウはそう考えている。考えるようにしている。

「もうちょっとギャラをアップしてほしいもんだよな。でなきゃ、どうにもなんない」とバーテンダーはぼやく。「実際にバーテンダーをやったほうが、ずっと稼げるよ」

「じゃあ、やったら」

「ああ。ほんとに、そろそろ考えてみるべきかもしれないな」

ケイト・ショウがシナリオをパラパラとめくり、とあるページに目を留める。

そして。

撮影現場の映像は、別テイク映像へと切り換わる。

河合英道役のアメリカ人男優が、通りの歩道を歩いている。

そのやや後ろを、アメリカ人女優も歩いている。

前方、ビルの建設現場から鉄骨が落ちてくる。

それに気づいた女がとっさに駆け寄り、男を突き飛ばそうとする。

だがわずかに遅く、二人はともに鉄骨の下敷きとなる。

その女の役名が、ナナミキタヤマ。シナリオにはそうある。あとで差し替えられたほうではない。初めに配られたほうのシナリオだ。

どちらのシーンも撮影はされたが、結局、あとのほうが採用された。そんなわけで、北山七美は登場人物から消えた。

例えば七美が英道と並んで歩いていたら、このようなことにはならなかったのかもしれない。もしそうであれば、七美はF列の6番か8番に、つまり英道の隣に座っていたのかもしれない。

だが七美は自分がどのように死んだかを知っていた。だから英道とはちがい、映画の観客にはなれなかった。

スクリーン右側の画面で、ケイト・ショウはタバコを吸い、ビールを飲む。そして考える。

これでは悲劇的すぎてとても受け入れられない、と上層部は判断したのだろう。誰に受け入れられないのか。観客にだ。たった一人の観客である、河合英道にだ。

ただでさえ、彼は不運な事故で命を落とす。しかも、平均寿命の半分にも届かない三十五歳で落とす。そのうえ、自分を救おうとした恋人まで道連れにしてしまう。

その現実を彼に突きつける必要があるだろうか。

ない、ということだ。

その現実を突きつけられることが彼の最後の娯楽になってよいだろうか。

よくない、ということだ。

現実をありのままに伝えればいいというものではない。

可能なら、滋味《じみ》となる虚構をも加える。

それこそが映画だ。

いつもなら最後まで飲み干すところを一口分ほど残して、ケイト・ショウはビールのボトルを置く。

あちらの世界で、ヒデミチはナナミと再会できるだろうか。

そこまでは、ケイト・ショウも知らない。

天使と一《いち》宮《みや》定《さだ》男《お》

地上に降りると、すべては止まっていた。

駅のホームにいる人間たちも止まっていたし、今まさにそこに滑りこまんとする電車も止まっていた。

まあ、おれが止めたんだが。

時刻は夜の十時すぎ。二つの線が乗り入れるその駅のホームには、まだそれなりに多くの人間たちがいた。

でもって、片側の下の線路には灰色のジャンパーを着た初老の男がいた。その真ん中で顔を伏せるようにしてうずくまっている。で、止まっている。

一方、おれの目的の男はホームにいた。ダークスーツ姿でその初老の男のもとへ小走りに向かっている。で、止まっている。

おれは自分のねずみ色のジャケットのボタンを外しながら、その前傾姿勢の男の正面に行き、腹のあたりに自分の右肩を当ててやや腰を落とす。次いで、ふうっと一つ息を吐き、男の背にまわした手でその腰をポンと叩く。

男が動きだすと同時に、その体を肩でかつぎ上げる。前から走ってきた人間をがっちり受け止めるような具合に。

「うわわわわっ！」と、男が驚きの声を上げる。

まあ、そうなるだろう。男のほうに、自分が止まっていたという記憶はない。線路に駆け寄ろうとしたら、どこからともなく現れた何者かにいきなりかつぎ上げられたんだから。

　おれはホームの内側に五、六歩進んだところで男をゆっくり降ろす。

「何だ何だ、何なんだ」と言って、男はおれの顔を見るが、すぐに続ける。「早くたすけないと！　あの人、線路に！」

「だいじょうぶ」男を落ちつけるためにも、おれは穏やかに、諭すように言う。「ほら、見なよ。急ぐ必要はない」

「でも」と言いながら、男はご覧あれとばかりにおれが伸ばした左手を追うように周りを見る。座ったり立ったり、何もしていなかったり携帯電話をいじったりしていながらも、一様に止まっている人間たちを。それから、先頭の車両をすでにホームに到達させてはいるものの、そこでやはり止まっている電車を。

「な？」とおれが言い、

「どうなってんだ、これ」と男が言う。

「あんたを驚かすために雇ったエキストラじゃないよ。みんな、本物。本物の、駅の利用客。それがただ止まってるだけ」

「止まってる、だけ？」

　言ったとおり、急ぐ必要はないが、だからといって、くつろぐ必要もない。そんならというわけで、おれは急ぐほうを選ぶ。

「わかってんのに訊くけど、あんた、一宮定男《いちみやさだお》さん？」

一宮定男は否定もしないが、肯定もしない。まあ、たいていの人間はそうだ。簡単には素性を明かしたがらない。もったいぶるほどの素性は持たない者でも。四十四歳の一会社員でも。で、こうくる。

「君は、誰だ？」

で、同じく素性を明かしたがらないおれはこう応える。

「それは、まあ、いいよ。あんたに話があって来たんだ」

「来たって、君はどこから来たんだ？　急に来たぞ。急にいたぞ」

「それも、まあ、いいよ。話せば長いから。といって、短くても話しはしないけど。とにかくさ、あんたにとって大事な話がある。聞きなよ」

「あの人はどうするんだ」と言って、一宮定男は線路のほうを見る。「今のうちにたすけなきゃ。二人で引き上げよう。二人なら、何とかなる」

「いや、ならないな。電車はもうそこまで来てる」

「だから止まってる今のうちに」

「止まってるんだから動かせないよ。あんただけは特別に動かしたんだ。こうやって話をするために。だから聞きなって。その人にも関係することだから」

おれがそう言ったことで、一宮定男は話を聞く気になったようだ。実際に電車も止まっているのだからだいじょうぶだと判断したらしい。ただ、一応、ホームの端までこわごわと歩いていき、線路上にいる初老の男を見る。顔は見えないから、半黒半白の後頭部を。それと背中を。

「その人」とおれは言う。「仮にアイさんとしよう」

「アイさん？」

「アイウエオのアイな」

「あぁ。仮名ってことか」

「そのアイさんは、自殺しようとしたんだよ。いや、まだこれからだから、自殺するつもりなんだよ、だな。正しくは」

「まあ、まちがえて落ちたようには見えなかったから、そうなんだろうけど」

「そこをあんたがたすけようとしたわけだ。いや、これからたすけようとするわけだ」

「それはそうだろう。落ちたんだろうと下りたんだろうと関係ない。死ぬよりは死なないほうがいいに決まってる」

「さあ。それはどうだろうな」と言いながら、おれもホームの端に行き、一宮定男の横で立ち止まる。「アイさんは小さな会社の社長でね、よくある話だけど、経営に行き詰まったんだ。あれこれ手は打ってみた。でもダメだった。最後の頼みの綱がこれだったんだな。保険金を家族に遺そうと思ったんだよ」

「それにしたって、家族は生きてもらいたいと思うはずだ。金がほしいから死んでもいいなんて思うわけがない」

「そりゃ、選べるならそっちを選ぶだろうな。でもこのアイさんに、選ばせる気はなかったはずだよ。そんな酷な選択を家族にさせる気はね」

「だとしても、このままにしといていいわけがない。このまま死なせていいわけがない」

「だからたすけようとしたわけだ？　あんたが。あんた一人が」

おれがそう言うと、一宮定男は振り返り、あらためてホームを見まわす。

居合わせたほとんどの人間たちが無表情だ。こちらを見て驚きの表情を顔に浮かべている者も何人かはいる。座っている者のなかにも、立っている者のなかにも。だが、こちらへ向かおうとしている者はいない。おれが動かしたこの一宮定男自身を除いては。

「気づいてない人が多いんだよ」と一宮定男は何故か弁解するように言う。「普通、他人のことなんか見てないし、このアイさんも声を出したりはしなかったから。わたしだって、たまたま気づいたんだ。そう。歩いてきたこの人をたまたま目が追ったんだよ。そしたら、いきなり線路に下りた。あっと思って、すぐに駆けだしたんだ。次の瞬間にはもう君がいた。君がいて、わたしはかつぎ上げられてた」

「このままいくとね、あんたは実際にアイさんをたすけるんだ。で、勇気ある者として称《たた》えられる。もう無我夢中でした。何だかわからないうちに線路に下りてました。とのコメントも新聞に載る。名前も載る。写真も載る」

「別にそんなことを望んだわけじゃないよ」

「わかってる」

「それが、何かマズいのか?」

「そのこと自体であんたはマズくない。マズいのはアイさんだ」

「わたしが称えられるってことは、たすかるんじゃないのか?」

「命はたすかる。だが両足を失う」

「そんな」

「何せ相手は電車だからな、そういうことにもなるよ」

「で、どうなるんだ?」

「それだけだよ。どうにもならない。文字どおり、どうにもならなくなる。結果として保険金は遺せず、足を失くした自分の体だけが残されるんだ。厳しいよな。本人にも、家族にも。すでに経済的には破綻した状態なんだから」

「わたしのせいでそうなると?」

「そうじゃない。あんたのせいじゃないよ。もちろんアイさん自身のせいだ。こんなところでこんなことをする以上、アイさんは誰かが自分をたすけようとすることを予想しておくべきだった。みんながみんな傍観者ではないことを想像しておくべきだった」

「なるほど。わかったよ。いやいや。よくはわからないが、わかったような気がするよ。わたしがそのアイさんをたすけなければいい。そういうことなんだな？」

「いや。残念ながら、ことはそう単純でもない」

一宮定男は左手の中指を左のこめかみに当て、眉間にしわを寄せる。それが考えるときの癖らしい。わかりやすい癖だ。いくらか演技がかっても見える。一宮定男が営業マンだからかもしれない。

「一番いいのはだな」とおれは黒のニット帽をやや深めにかぶり直して言う。「あんたも一緒に死ぬことだ。たすけようとしたが失敗して死ぬことだ」

「は？　何をそんな！」と一宮定男は声を荒らげる。「冗談じゃない！　何でわたしが巻きこまれなきゃいけないんだ！」

「そう言うのも無理はない。けどさ、これは本当に冗談じゃないんだ。ここからがその、あんたにとって大事な話なんだよ」

本気で言っているのかどうかを探ろうとしたのだろう。一宮定男がおれの目をじっと見る。おれも一宮定男の目をじっと見る。にらみ合いといえばにらみ合い。だがそんなものはさっさと切り上げるべく、おれは言う。

「あんた、妻を殴ってるだろ」

「え？」

にらみ合いはあっさり終わる。一宮定男が目をそらすことで。

「何を急に。わたしはそんな」

「否定はしなくていいよ。事実として知ってるから。一応、訊いてみたまでだ。さっき名前を訊いたみたいに」

一宮定男は困惑する。感情の持っていき場がなく、あっちを見たり、こっちを見たりする。見たいところなどないのに。

「それが」と一宮定男は声を無理に絞りだして言う。「何だと言うんだ。君に関係したことじゃないだろう。この人に関係したことでもない」

おれはその言葉を無視して続ける。

「でさ、あんた、三日後に妻を殺すんだよ」

「何だって?」

「信じられないだろうけど、そうなんだ。三日後にあんたは妻を殺す。殺す気はなかったろうが、殴ってるからには過失とも言えない。あんたさ、殴ってる最中に妻に言われるんだよ。外では善人のふりしていったい何なのよ! って。まあ、妻はそう思うよな。他人の命は救うのに、家族である自分のことは殴るんだから。でもそれであんたはカーッときちゃうんだな。馬乗りになって、妻の頭をガンガン床に叩きつけるんだ。それだけのことでもさ、人間は死ぬんだよ。何度も続けてやられたら」

「うそだ!」

「うそじゃない。死ぬよ」

「ちがう。そうじゃなく、わたしが殺すなんてうそだ！」

「おれがそこだけうそをついてるってのか？　アイさんの命をあんたが救ったり、そのことが新聞に載ったりするのは本当で、あんたが妻を殺すのだけがうそ？　そんなうそをつくために、おれは人間も電車も止めて、あんただけを動かしてる？」

「いきなりそんなことを言われて、しかもまだやってないことを言われて、あぁそうですかと信じられるわけがないだろう」

吐き捨てるようにそう言って、一宮定男はせわしなくあたりを歩きまわる。半径三メートル以内のあたりを。

「なあ」とおれは言う。「止まってる人間に触るなよ。ちょっとやそっとじゃ動かないけど、向きが変わるだけでもあぶないからな。動きだしたときに足もとがふらついて、それこそ線路に落ちるなんてことになりかねない」

一宮定男はビクッとして歩きまわるのをやめ、おれの横にしゃがみこむ。そして、生え際が後退しはじめたかに見える前髪をかき上げる。一度、二度、三度。

「それで」と一宮定男は明らかにイラついた口調で言う。「どうなるんだ」

「あんた、娘が一人いるよな？」

「いる」

「言うまでもないけど、その娘は両親をいちどきに失うよ。母親は殺されて、父親は刑務所に入るからね。あんたの兄夫婦に引きとられるにしても、毎日笑って暮らすってわけにはいかないだろうな。事情が事情だし」

一宮定男は黙って下を見ている。そこが乗車位置であることを示す白線の部分を。そうやって見つづけていれば、いつか事態が好転するとでも思ってるみたいに。

「あんた、娘は殴らないんだろ？」

「ああ」

「何故だ」

「何故って、娘はまだ十三の子どもだ。殴れるわけがない」

「娘は殴れないけど妻は殴れる。その理屈はよくわかんないな。こいつは殴っちゃダメ、こいつは殴ってよし。そんなルールがあるのか？」

一宮定男は答えない。答えずに、また白線観察に戻る。一宮定男自身、何故妻を殴るのかよくわからないのだろう。殴らずにいるよりは殴ってしまったほうが楽だからそうするだけなのだろう。そして何故殴ってしまったほうが楽なのかも、やはりわからないのだ。

「わたしがアイさんをたすけない。それですむんじゃないのか？」

「いや、すまない」

「どうして。アイさんをたすけてわたしが新聞に載ったりしなければ、妻はわたしを怒らせることを言いはしないんだろう？　そうなれば、殴りはするかもしれないが、わたしが妻を殺しもしないんだろう？」

「アイさんをたすけなかったら、つまり何もせずにこの場をやり過ごしたら、あんたは今日妻を殺すんだよ。今日このあと」

一宮定男はもはやそれほど驚かない。驚きはせず、横に立っているおれを、ただ見上げる。

その体勢が窮屈そうなので、おれもその場にしゃがむ。そして続ける。

「あんた、酒を飲んでるよな？」

「ほんの二、三杯だ。飲んだってほどじゃない」

「まあ、そうだろう。線路に下りてアイさんをたすけようとするくらいだからな。ただ、自分でもわかってるだろ？　酒を飲んだあとに妻を殴りたくなることは。飲んだんだから殴ってもいい。酒のせいなんだからしかたない。そんなふうに思おうとしてるんじゃないのか？」

「何で」と一宮定男は言う。「何で、わたしは今日妻を殺すんだ」

「離婚を切りだされるからだよ。それであんたは、やっぱりカーッときちゃうんだ」

「アイさんをたすけたら、殺すのが三日後になるのか？」

「ああ。今日は警察に話を聞かれたり何だりで忙しくなるからな。帰りは深夜だし、妻だってそんなときに離婚の話を切りだしたりはしないだろ。あんたがそんな大活躍をした日にな」

「離婚」と一宮定男はつぶやく。

「妻を殺すのが今日になった場合、周りから同情される余地はこれっぽっちもないだろうな。今日のあんたは、アイさんをたすけてもいない、ただ妻に暴力をふるうだけのあんただから」

しゃがんでいた一宮定男は、そこでドスンと尻餅をつき、ホームに直に座る。いわゆる体育座りだ。スーツのパンツが汚れるとかそういうことはもう気にならなくなったらしい。次いで、今思いだしたかのように右手でネクタイをゆるめながら言う。

「わたしがアイさんと一緒に死ねば、どうなるんだ？」

「アイさんには保険金が下りる。景気がよかった十何年も前に入った保険だから、それなりの額が下りる。会社がダメになっても、最後までそれには手をつけなかったんだな。こんなこともあろうかと。で、遺族はその保険金で生活を立て直すことができる。立て直して、どうにか維持することができる」

「わたしのほうは？」

「あんたは、命を落としたことでさらにほめ称えられる。当然、新聞にあんたのコメントは載らないが、代わりに妻のコメントが載る。誰にでも優しい人でした、わたしたちはこのことを誇りに思います、と」

「誇りか」と一宮定男は自嘲気味に笑う。「皮肉なもんだな」

「あながちうそでもないとおれは思うね。人間の気持ちは変わるから」

「で、こっちの遺族の生活はどうなる？」

「もちろんあんたにも保険金が下りるし、家のローンもチャラになるから、妻と娘は、まあ、安泰だよ」

「わたしもいなくなるし、か」

「それこそ皮肉な見方だな」

「でも、そうだろう？」

「まあ、そこは考え方一つだ。それでもあんたがそうしたいと思うかどうかだよ。たとえ本当のことを知られなくても、家族が、あるいは娘が幸せならそれでいいと思えるかどうかだ。思えるなら、そんな皮肉な見方をする必要はない」

「なあ」

「ん？」

「わたしが妻を殺すのを止めることはできないのか？　それだけをなしにすることはできないのか？」

「できない」とおれは即答する。

「わたしを死なすことができるなら、わたしが人を死なすのを止めることだって、できるんじゃないのか？」

「人間はさ、人間を殺すんだよ。それは自分たちで決めたことだ。自分たちがそうしたくてそうするんだ。これは昔からそうだったし、この先もそうだろう。それを止めるのはおれの仕事じゃない。まずそんなことはできないし、できたとしてもとても追いつかないよ。それくらい、人間は人間を殺すから。その責任はせめて自分たちで負うべきだろ。それにな、今日殺さなくても、三日後に殺さなくても、だからあんたが妻を殺さないってことにはならないんだよ。たぶんとしか言わないが、何らかのきっかけで、いずれあんたは妻を殺す」

「それを止められないんだとしたら、君の仕事っていうのは何なんだ?」

話そうかやめようか迷う。が、話すことにする。いわば概略を。

「誰にもいいことがない。誰も何も得しない。そういうことが、たまにあるよな? 車の事故なんていうのがわかりやすい例だ。ぶつけたほうにもぶつけられたほうにも何のいいこともない。そういうこと」

「あるな。世の中にそういうことは多いよ」

「そう。ただでさえ多いのに、時にはその程度じゃすまないことも起こる。何の巡り合わせか、本当にすべてが悪いほうへ転がることがあるんだ。ほぼ無関係だった人間をも巻きこんで際限なしに悪くなっていく、なんてことがね。もうまさに負の連鎖だ。そりゃねえよって感じの。おれは、不穏な影響が出ない範囲でその巡り合わせを調整するんだ。それがおれの仕事だよ。で、今回のこれはその、そりゃねえよ、に該当する。だから来たんだ。別に気まぐれで来たわけじゃない。あんたをだまして楽しむために来たわけでもないよ」

「君が今この話をわたしにしてるってことは、どうするかをわたしが選べるってことなんだな?」

「ああ。そうだ。ただ、決めるのにあまり時間はかけないでほしい。といっても、その時間を止めてるから実際にはかかってないんだけど。でもおれの時間はあるからな」

「わたしには言わないで、君のいいようにやることも、できたんじゃないのか？」

なかなか鋭い指摘だ。普通なら、こんなときにそんなことは考えない。一宮定男はどうやら頭がいい人間らしい。だがその頭のいい人間が妻を殴るなどという頭の悪いことをしてしまうのだから、やはり人間はわからない。

おれは一宮定男に言う。

「本来のものとはちがう人生にされたことを知らないまま終わりたくはないだろ？」

「どうだろう。わからないな。何一つわからないまま終わるのが人生だって気もする」

「何にせよ、あんたの意思は確かめておきたいんだ。いやだと言うなら無理強いはしない」

「無理強いはされなくても、こんな話を聞かされたうえでいやだと言えるやつなんていないだろ」

「じゃあ、調整してもいいんだな？」

「ちょっと待ってくれ。ちょっとだけ」

一宮定男は目を閉じる。固く固く閉じる。そして開ける。それを三度続ける。何をしても現状は変わらないのだということを自分なりに確認したらしい。

急《せ》かす感じにはならないよう気をつけて、おれは言う。

「どうだ？」

一宮定男は息を大きく吸いこんで言う。

「任せるよ。そうするしか、ないから」

そしてその息をゆっくりと吐きだす。

「あんたがもとの位置に戻って動きだした途端、このことに関する記憶は消える。だから例えば自分は自殺者だとの無用な意識をあんたが持つこともない。それと、もう一つ言うなら、最期の瞬間の苦痛ぐらいはなしにしてやれると思う」

「即死なんだろう？　どうせ」

「まあ、そうだ」

一宮定男は体育座りを崩し、両手を後方にぺたりとつける。そしてホームの屋根を見上げつつ言う。やや震える声で。涙声ではないが聞く者に揺れは伝わる声で。

「とても信じられないよ。わたしは、自分が死ぬことを知ってるんだ。自分がいつどうやって死ぬかを、知ってるんだ。それは何年も先じゃない。何分か先だ。死にたくないと思う暇もない。死を恐れる暇もない」

「死を恐れなくてすむのは悪いことじゃないよ。考えようによってはね」

「誰の身にも、こんなことは起きるのか？」

「いや。誰の身にもは起きない」

「だよな」

「ああ」

「わたしは、運がよかったと思うべきなのか？」

「どう思うかはあんたの自由だよ。思えるのもあとわずかだし。ということで、そろそろ、止まった時間のなかでの時間なんだが」

「なあ、一つ訊かせてくれ」

「何？」

「君はどう見ても人間だが、こんなことができるんだから、人間ではないんだろう？」

「おれは、どう見ても人間か？」

「ああ。悪いが、その辺のフリーターにしか見えない」

「なら成功だな。目指したイメージは、まさにその辺のフリーターだから」

それを聞いて、一宮定男は笑う。力なくではあるが、確かに笑う。そしてこんなことを言う。

「何となく、わかったよ。うまいことを言ってるが、君は悪魔なんだろう？」

「どうして？」

「だって、わたしの命を奪おうとしてるじゃないか。本当なら、死ぬのは一人だけのはずなのに」

「あんたの妻な」

「ああ。でも君の言うとおりにすることで、二人が死ぬことになる。わたしとそのアイさんだ。どんな理由があるにせよ、君は死者を増やそうとしてる。こないだ観た映画でも、悪魔はいいように人を動かして、最後には殺してた。君のことも、やはり悪魔なんだと思わざるを得ない」

「そう思うのも、やっぱりあんたの自由だよ」

「思えるのも、あとわずかだから？」

「それもある」そしておれは立ち上がりながら言う。「さあ、あんたも立ってくれ」

一宮定男は素直に立ち上がり、パンツの尻をパタパタとはたく。汚れを気にしたのではない。習慣がそうさせたのだ。

おれは一歩下がったところから一宮定男の全身を眺めて言う。

「ネクタイは、きちんと締めたほうがいいな」

「そんなことでも、変わってるとマズいのか？」

「そうじゃない。あんたの印象がいいだろ、きちんとネクタイを締めてたほうが。人間てのは、同じ人間をおかしな基準で判断するもんだからな」

一宮定男はやはり素直にネクタイを締め直す。気分を一新するためか、それを一度首から外し、あらためて締める。

「アイさんをたすけようとするあんたの行動は立派だと思うよ」とおれは言う。「それは、あんたが妻を殴ってることとは関係ない」

「今さらそんなことを言われてもうれしくないよ」

「うれしくなくてもいい。でもそのことに対しての評価はされてもいい。よく考えてみ？　何でおれがこんなことをしてると思うんだ。何で、ほかのやつにはしないであんたにはこんなことをすると思うんだ。とってつけたように聞こえるかもしれないけどな、おれが今ここにいるのは、結局、あんたがそれに見合う人間だからなんだぜ」

一宮定男は何も言わない。おれもそれ以上は何も言わない。

止まった時間のなかで、時間が来る。

おれは一宮定男に立ち位置を指示する。体の屈め具合も指示する。動きだしたとき、滑らかに走れるようにするためだ。

前のめりに倒れそうになる一宮定男の体を、例によって右肩で支える。

「いくぞ」とおれが言い、

「ああ」と一宮定男が言う。

おれは背中にまわした手で一宮定男の腰をポンと叩く。

一宮定男の動きが止まり、おれの肩にかかる重みがなくなる。

おれは一宮定男のもとを離れ、アイへの向きや距離を確認する。問題はなさそうだ。

足をホームから離し、おれはゆっくりと宙に浮かぶ。初めはななめに向かい、電線やら何やらがなくなったところで上へと向かう。

ホームの屋根を越えると、そこは夜の闇だ。その屋根が光を遮るので、余計にそうなる。とはいえ、もちろん、ホームは光を放っている。近隣のビルやら街灯やらも、同じく光を放っている。

それらは少しずつ収斂《しゅうれん》され、やがて一つの光は一つの点になる。

そこまで来ると、もう、強い風が舞う。地上は穏やかなときでも、そのあたりでは常に風が舞っているのだ。

下で何があっても、上に戻るこの瞬間だけは気分がいい。ここから見下ろす夜はいつもきれいだ。光と闇がお互いの存在を引き立てるからかもしれない。闇が光を栄えさせるように、光も闇を栄えさせるからかもしれない。

おれはフリーターふうの悪魔に見えんのか、と思い、ちょっと笑う。くたびれたデニムにねずみ色のジャケット。それ以上に、この黒のニット帽がいけないのかもな。天使なら白か、やっぱり。でもしっくりこないんだよな、白は。実際、上から見てても、白のニット帽なんて子どもしかかぶってないし。

まあ、そういうことだ。

一宮定男にもまちがわれた。そうやっていつもまちがわれるんだが、おれは悪魔じゃない。天使だよ。

もしもあのまま一宮定男がアイをたすけ、妻を殺し、刑務所に入ってたら。

一宮定男の兄夫婦に引きとられた娘は二年後に自殺する。耐えられなくなるのだ。一宮定男の兄から自分の望まないある種の行為を強要されることに。

だから、一宮定男はああ言ったが、長い目で見れば、実はこの件で出る死者の数は変わらない。

でもそこまで悲惨なことをあんたに明かしたりはしないからこそ、おれは天使なんだよ。ゼロをプラス五にしたりマイナス五をゼロにしたりするのが天使の仕事なんじゃない。本当の天使の仕事ってのは、マイナス十をマイナス五にすることだったりすんだよ。

おれは左の手のひらの肉厚のあたりで黒のニット帽に覆われた額をトンと強めに叩く。

遥か下から、キキィッという電車の急ブレーキの音が微《かす》かに聞こえてくる。

悪魔と園《その》田《だ》深《しん》

園田深《そのだしん》という男が駅のホームを歩いている。

横から押す。

前方からはすでに電車が進入してきている。線路に落ちたら逃げるのは不可能だろう。

そして園田深は線路に。

落ちない。

バランスを崩しはする。左手に提げていたギターのハードケースがブランと体の前にまわり、つんのめるような格好になる。だが線路には落ちず、ホームの右端ぎりぎりのところで転ぶ。

すでに減速していた電車がキキィッと急ブレーキをかける。周りにいた人間たちからは悲鳴に近い声が上がる。

定位置より手前で電車が停まる。ドアは開かない。

束の間、音がなくなる。時間が止まったかのようになる。

倒れた際に打ちつけた右ひじをさすりながら、園田深が言う。

「痛《いて》え。何なんだよ」

皆、園田深を見ている。大したことはなさそうだからか、近寄っていく者はいない。ただし、駅員は別だ。

「だいじょうぶですか？」と言いながら、二十代の駅員が駆け寄っていく。

「当たってない？」と言いながら、四十代の駅員が続く。

「どうしたんですか？　何があったんですか？」と二十代駅員が質問を二つ重ね、

「押されたんだよ、誰かに」と園田深が答える。

「ほんとですか？」

「うそつかねえよ」

「みなさん、すいません」と四十代駅員が周りに呼びかける。「どなたか、目撃されたかたはいらっしゃいませんか？」

「わたし、見てました」と、ミニスカートの女が進み出る。「ちょうど目の前だったから」

「そうですか」四十代駅員が勢いこんで尋ねる。「押したのは誰でした？」

「誰も」

「は？」

「誰も押してませんよ。いきなりこの人が、その、コケたっていうか」

「そうなんですか？」

「そう、ですよね？」とミニスカートの女は周りに問いかける。

「そう」「誰も押してない」「転んだだけだよ」「近くには誰もいなかったよ」

あちこちからそんな答が返ってくる。

「いやいや、押されたって」と園田深が反論する。「コケねえよ。足腰弱ってねえし」

「でもそのお荷物ですから」と四十代駅員。「ちょっとよろけてしまったということはないですか？」

「いつも持ち歩いてんだ。押されでもしなきゃよろけねえって」

「まあ、とりあえずこちらへ」

そう言って、四十代駅員は園田深をホームの中程、ベンチがあるあたりへ移らせる。

電車が定位置までゆっくり進んでドアを開き、この駅の利用客を降ろす。そして遅れを最小限にとどめるべく、すぐに出発する。

園田深とミニスカートの女には残ってもらい、ホームに設置されたカメラの映像を確認する。四十代駅員がとった措置はそれだ。

映像はきれいに撮れていた。

園田深が一人で歩いている。ホームに電車が入ってくる。園田深がコケる。

確かに左から押されたようなコケ方ではあるが、そこには誰もいない。何かに隠れて見えないというのでもない。左方には空間があるだけだ。

「あ、ほんとだ」と園田深は言う。「おれ、勝手にコケてんじゃん」

そうではない。実際に押されてはいた。ただ、その押しが弱かった。強すぎると、勢いで線路の向こうまでいってしまう恐れがある。だから弱めにしたのだ。

園田深がギターのハードケースを右手に提げていれば、結果はちがったかもしれない。すんなり線路に落ちたかもしれない。それがあるから身動きがとれなくてちょうどいいと思ったのだが、当てが外れた。失敗だ。

わたしは優れているが、たまにはこんなこともある。一万回に一度くらいは。


三秒ルールなるものが人間の世界には存在する。

地面に落ちたものでも三秒以内に拾えばまだ食すことは可能、といったルールだ。

なるほど、そうなのか、と鵜呑みにしていたが、いわゆる都市伝説の範疇《はんちゅう》に属するルールであることを最近になって知った。

わたしの世界には、三回ルールが存在する。

早死にすることが決まっていた人間が三回死ななかったらもう早死にしない、といったルールだ。

これはまやかしの類ではない。いつとも知れぬ昔から厳格に在りつづけているものだ。

そうは言っても、手を下す側のわたしがその三回ルールを意識することはほとんどない。失敗することと自体がほとんどないからだ。

手を下すと言うと大げさに聞こえるかもしれないが、天地をひっくり返すようなことがわたしにできるわけではないし、何ら特別なことをするわけでもない。駅のホームにいる人間を線路側に押してやる。路側帯を歩いている人間を車道側に押してやる。それだけでいい。ここにいれば無傷、二歩ずれれば死。人間の日常はそんな状況に満ちている。

一口に早死にといっても、いろいろな場合がある。病にかかる者もいる。事故に遭う者もいる。自殺をする者もいる。病にかかる兆候がないなら、事故を起こすことが多い。

理想的なのは、登山道などでの滑落事故だ。これは、平均寿命あたりまで生きる予定の他者を巻きこむ可能性が低いという点で最良と言っていい。だがそうそう誰もが山を訪れてくれるわけではない。訪れない者は一年に一度も訪れない。十年に一度も訪れない。

早死にする人間として選ばれる基準。そんなものは何もない。ただ選ばれるだけだ。死に理由などない。その人間が裕福だとか貧乏だとか、そういうことは関係ない。善良だとか邪悪だとか、そういうことも関係ない。

その意味で、人間は平等だ。その意味でしか、人間は平等ではない。その意味でしか人間が平等でないことを、人間は不平等と呼ぶ。


夜。

園田深がうたっている。

シンプルになりたい

それが今の願い
シンプルになりたい
ほかに望みはない

何かをしながらうたを口ずさんでいる、というのではない。うたうべくしてうたっている。自身とともに生き延びたエレアコギターを弾きながら。二十余名もの聴衆の前で。路上で。

園田深の声はお世辞にもきれいとは言えない。ダミ声やしゃがれ声というのでもないが、ひしゃげている。むしろ汚いと言っていい。年齢を差し引いたところで、オーストリアあたりの少年合唱団にはとても入れないだろう。現に、さびしくてたまらないカエルみたいな声、と評されたことがある。本人はそれを好評価ととらえている。

園田深は、今、二十七歳。いわゆるフリーターだ。

年収は二百万円に届かない。そんなことは別に珍しくもないが、園田深の場合、もう少し稼いでいた時期もある。バンドを組み、プロデビューまで果たしていたのだ。

ヒポクラテス・コングロマリット。略称、ヒポコン。

そのバンド名に大した意味はない。医師の倫理を規定したヒポクラテスの誓いのヒポクラテスと、複合企業の同義語コングロマリットを合わせただけだ。園田深がそのころ同時に付き合っていた医学部の女と経済学部の女にバンド名を考えさせ、それぞれから出てきたものをただつなげた。

園田深自身は、文学部の国文科にいた。同じ国文科の一人と英文科の二人とでそのヒポコンを組んだ。曲はギタリストの園田深が書き、詞はヴォーカリストに書かせた。ヒポコンでは自分でうたうことは考えなかった。頭は悪いが端麗な容姿と伸びやかな声を持つヴォーカリストを前面に出すつもりでいたのだ。

都内各所のライヴハウスに出演すると、人気はすぐに出た。ヒポコンの名は瞬く間に広まり、レーベルのプロデューサーから声がかかった。度を越した順調さでデビューが決まった。その後の準備期間もレコーディング期間もあまりに短かった。個人的な金銭問題を抱えていたプロデューサーがすべてを急がせたからだ。

ヒポコンは大学在学中にデビューした。そして卒業するころには失速した。園田深曰く。飛ぶ鳥を落とす勢いで上り、飛ぶ鳥が落ちる勢いで下った。そのうえプロデューサーの経費横領が発覚し、どうにもならなくなった。あとを引き継ごうという別のプロデューサーが現れることもなかった。

アルバム一枚とシングル二枚を出し、一度だけテレビ番組にも出て、ヒポコンはデビューから二年で解散した。それが四年半前のことだ。

大学をすでに中退していた園田深は、ヒポコン解散後にギター講師として雇われたが、そのスクールは半年で潰れた。二つ三つバンドも組んだが、どれも長続きはしなかった。バンドは今も組んでいる。二週間前に組んだのだ。インターネットの掲示板に載せた〈うまいやつ募集。こちらは元プロ〉との文言を見て応募してきた三人と。

そんなわけで、園田深のギター演奏技術は高い。普通の人間とちがい、手と口を別々に動かすことができる。手が口に、口が手に引きずられない。うたはうた、ギターはギターと、完全に切り離すことができる。人間にしてはすごいとわたしも感心せざるを得ない。だから早死にさせない、とはならないが。

それにしても。一回めをしくじるとは思わなかった。もう失敗はしない。二回めで、わたしは園田深をどうにかしなければならない。もちろん、どうにかする。

まちがいなくわたしにどうにかされる園田深は、相変わらずうたっている。さびしくてたまらないカエルみたいな声で。今夜も。

いや　別に大したことはない
ただ少し疲れただけ
今は何も考えたくないから
夜の音でも聞こう

うたと演奏を終えて、人数分以上の大きな拍手をもらうと、園田深はギターをハードケースにしまいながらこんなことを言う。

「いや、今日の昼、駅で電車にはねられそうになってさ。このギターのおかげでコケたからよかったけど、そうじゃなかったら死んでたよ。そしたら今ごろこんなとこではうたってなかったろうな。うたってはいたろうけど、空でうたってたよ。空の高〜いとこで」

それを聞いて、常連客らしき二十歳前後の男が言う。

「そうなんなくてよかったですよ。空じゃダメ。地上でうたってください。園田さんのうたはマジで世界を変えられますよ」

「は？　変えられねえよ」

「いや、変えられますって」

「というか、変えたくねえよ、世界なんて」

園田深は正しい。

人間はただ生き、死んでいく。それこそが世界だ。その世界は変えられない。変える必要もない。

その後、園田深は一人で酒を飲む。一人なのに、浴びるほど飲む。

浴びるほど酒を飲む、というのは人間がよく用いる比喩だが、園田深は実際に浴びる。手もとがおぼつかなくなり、手の甲や腿にビールを度々こぼす。

そして居酒屋を出ると、夜の通りを歩く。

路側帯は狭く交通量は多い県道。おあつらえ向きだ。こんなに早く二回めの機会に恵まれるとは思わなかった。人間の愚かさに救われた感じだ。

園田深は左の路側帯を歩いた。狭いので、ギターのハードケースは右手に提げる。

昼間の駅のホームでは、電車は前から来た。近づいてくるその姿が園田深に見えてしまっていた。ただでさえ駅のホームだ。注意深くもなる。

だが今は道路。しかも車は後ろから来る。園田深には見えない。おまけに酔っている。初めから足がふらついている。このあたりは街灯が少なく、視界は悪い。それでいて、車はかなりのスピードを出す。まさに申し分ない。わたしが人間なら笑みさえこぼしているだろう。

我ここに在り、とばかりに騒々しい音楽を鳴らした黒い車が走ってくる。運転免許を停止されるに充分なスピードを出して。

わたしは園田深を横から押す。

が。

プラスに作用すると見ていた酔いがマイナスに作用する。園田深はわたしの思惑どおりに倒れる。倒れることは倒れる。ただし。だらしなく、その場に倒れてしまう。倒れるというよりは崩れ落ちるという具合に。

運転手はさすがに驚いたのだろう。人間がするように、車はビクンと震える。だがスピードは落とさない。倒れた園田深の頭のすぐ横を左前後輪のタイヤが通りすぎていく。驚きが怒りに変じたことを示すかのように、何度もクラクションが鳴らされる。車が見えなくなっても、その音だけは聞こえる。

園田深は、顔を下に向けて嘔吐する。

「あー、気持ちわり」と言う。

あきれるしかない。わたしが押すまでもなく、きっかけさえあればもういつ倒れてもおかしくない状態だったのだ。まさかそこまで酔っていたとは。一人なのにそこまで飲んでしまうとは。

「押すんじゃねえよ」とさらに園田深は言う。「何度も何度もよ」

一瞬、わたしに言ったのかと思う。だがそんなはずはない。園田深にわたしが見えているはずがないのだ。気配すら、感じているはずがない。

「あぶねえだろうがよ」

そのあとは何を言っているのか聞きとれなくなる。やはり酔漢の戯《ざ》れ言《ごと》らしい。

何にせよ、失敗だ。二回めを迎えてしまったことはこれまでにも何度かある。だが二回めを失敗したのは初めてだ。

まあ、こういうこともあるだろう。ゆえに三回ルールが存在するのだとわたしは思っている。甘く見すぎていた。三回めでの失敗は許されない。心してかからなければならない。

園田深が、園田深なりの文化活動、すなわちバンド活動にいそしんでいる。具体的には、貸スタジオでほかのメンバー三人と演奏をしている。いや、していたのだが。

今はエレアコギターを弾く手を止め、哀れなものを見る目で三人を見ている。園田深が手を止めたことに気づかずに演奏を続けるギタリストとベーシストとドラマーの三人を。

園田深はギタリストのアンプに寄っていき、シールドのプラグを乱暴に引き抜く。ブツッ、ズーッ、というノイズが響き、ギタリストが手を止める。ベーシストとドラマーも手を止める。

「何、何」とギタリストが言い、

「どうした?」とベーシストが言い、

「何があった?」とドラマーが言う。

「言ったばっかじゃねえか」と園田深が応じる。「やることはやれよ。何度言えばわかんだよ」

これまでに三度、園田深はバンドの演奏を途中で止め、同じことを説明した。曲のなかでの簡単な決まりごと、奏者間での約束ごとをだ。それらは説明直後の演奏では実行されたが、その次の演奏では忘れられた。

「いきなりそんなことしないで、口で言えばいいだろ」とギタリスト。

「もう何べん言ったと思ってんだよ」と園田深。

「ちょっと忘れただけだよ。演奏中はどうしてもノっちゃうから」とベーシスト。

「忘れるんじゃねえ。忘れるようならノるんじゃねえ」

「そう言わないで、楽しくやろうよ」とドラマー。

「楽しみてえならちゃんとやれ。安く楽しもうとなんかすんじゃねえ」

ギタリストが不満げに言う。

「確かに曲をつくってんのはそっちだよ。でも」

園田深が遮る。

「ああ。曲をつくってんのはおれだ。適当にやられることでその曲を壊されてんのもおれだ」

「別に曲を壊そうとなんかしてない。おれたちはただ自由にやりたいんだよ」

園田深は心底うんざりしたように顔をしかめる。そしてミキサーのところへ行き、そこではヴォリュームを下げてからシールドのプラグを抜く。

「やめるよ」と宣言する。「邪魔して悪かった。自由にやれよ」

三人のなかでは最も温厚らしいドラマーがなだめにかかる。

「せっかく知り合ったんだから一緒にやろうよ。おれ、園田くんの曲、好きだし」

「じゃあ、もしアルバムが出たら買ってくれよ」

そう言い残して、園田深は一人、スタジオを出る。

もちろん、わたしもあとを追う。外に出れば、いい機会を見つけられるかもしれない。

だが、三回めに相応《ふさわ》しいと思われるほどの好機は訪れない。

地下鉄のホームでも乗り換えた地上鉄のホームでも、園田深はその中程を歩く。わたしが慎重になっているように、園田深も慎重になっているようだ。

午後四時。園田深はワンルームの狭いアパートに戻る。カギを解き、玄関のドアを開ける。

「やっ」という女の声と、「わっ」という男の声が同時に響く。二人の人間が部屋のなかにいたのだ。

一人は飯塚真実《いいづかまみ》という二十九歳の女で、もう一人はわたしが知らない二十代前半の男。二人はともに人間が最も恥ずかしがる格好をしている。全裸だ。

「ちょっと、何?」と飯塚真実がタオルケットで体を覆いながら言う。「何なの?」

男のほうは、「わわわわ」と言いつつ、両手で股間を隠す。

「何なの? じゃねえよ」と返しながら、園田深はくつを脱いで部屋に入る。

「スタジオ、でしょ? こんなに早いの? 五時までだって言うから」

「五時までの予定だった。だから早くても帰りは六時になるはずだった。お前らも、それまでに帰る予定だったわけだ?」

「そんなこと」とだけ言い、飯塚真実は沈黙する。

「お前、誰?」と園田深がやっと見つけた自分のパンツを股間に当てている男に言う。

「いや、その」

「まあ、こいつのダンナじゃねえよな。ダンナなら家でやってりゃいいんだし。よそでやるほうが感じるとかいうヘンタイ夫婦なら別だけど」

そう。飯塚真実には、ダンナ、すなわち夫がいる。夫がいながら園田深とも付き合っているわけだ。いつもながら感心する。人間には不貞を働く者が本当に多い。

部屋を勝手につかわれたことで怒るのかと思いきや、園田深は怒らない。男にこんなことを訊く。

「お前、例えばドラムをやってたりはしないよな？」

「はぁ。やってない、ですけど」

「ギターとかベースは？」

「やってません」

「ほかの楽器は？　トロンボーンとかバンジョーとか。サックスとかヴァイオリンとか」

「やったことないです」

「じゃあ、誰かうまいやつを知らないか？」

「知りません」

それで男には興味をなくしたらしい。園田深は飯塚真実に訊く。

「いつからこんなことしてんだよ」

「初めてよ。決まってるじゃない」

「次やったら警察だからな」

「わかったわよ」

「お前もだぞ。いいな？」

「はい。えっと、ほんとに、はい」

「二人とも、服を着てさっさと出ていけよ。一分以内にしてくれ」

男があわててパンツを穿《は》き、飯塚真実があわてずにパンティを穿く。

「ちょっと。見ないでよ、スケベ」と飯塚真実。

「お前、時と場所を考えてものを言えよ」と園田深。

「また会える？」

「会わない」

指示どおりに一分ちょうどで出ていった男に遅れること五分。ようやく服を着て出ていこうとした飯塚真実を園田深が呼び止める。

「待った。カギを置いてけよ」

「何？」

「合カギだよ。入るときにつかったやつ」

むくれた顔で、飯塚真実は上がりかまちにその合カギを置く。

「スペアとか勝手につくってねえだろうな」

「つくってるわけないでしょ、そんなの」

「お別れだ。幸せに暮らせよ。じゃあな」

そう言って、園田深は飯塚真実を追い出す。叩き出す。そしてドアにカギをかけ、窓を全開にして部屋の空気を入れ換える。午後四時すぎだというのにフトンも干す。

それから、湯を沸かし、インスタントコーヒーを入れる。カウチに座って、それを飲む。床に何か落ちているのに気づき、拾う。封を切られたコンドームの包み紙だ。

「人のゴム、つかうかよ」とあきれたように笑う。

バンドを脱退し、女と別れる。それをたった一時間でやってしまう。自分の音楽以外のことはどうでもいい。捨てていいものは躊躇《ちゅうちょ》なく捨ててしまう。

まあ、そんな男だ。園田深は。


翌日は雨が降る。激しく降る。

雨はいい。人間は雨が苦手だ。雨は人間の動きを制限する。人間は濡れたがらないので傘を差す。傘は視界を遮る。そして水はいろいろなものを滑りやすくする。いい。

この日の園田深は、文化活動にいそしんだ昨日とは打って変わって経済活動にいそしむ。すなわち生活費を稼ぐための仕事をする。具体的には、バイクに乗って郵便配達をする。

雨ということで、園田深は制服の上に雨ガッパを着ている。

わたしはバイクの園田深と並走する。正しく言えば、並飛《へいひ》する。

雨に打たれると人間の体は冷える。園田深の唇は変色し、歯はガチガチと鳴っている。ウ〜、と園田深は犬のように唸り、さむさむさむ、と呪文のように唱える。それでいてあまり悲愴感がないのは、この男がそうした苦境さえ楽しんでいるように見えるからだ。さむさむさむ、のあとに園田深は自作のうたを口ずさむ。そして、ウ〜、さむさむさむ、を挟み、うたに戻る。

配達の合間に、園田深は何度も携帯電話で時間を見る。強い雨のせいで配達に遅れが出ているらしい。事実、バイクの速度は上がっている。バイクを降りてからも各家の郵便受けまで走っている。どう見ても急いでいる。

それもまた、いい。急げば急ぐほど人間は不注意になる。急がばまわれ、という言葉があるようだが、人間は決してまわらない。急ぐときにわざわざ遠まわりする人間をわたしは見たことがない。

そしてついに絶好の機会が訪れる。これ以上は望むべくもない好機だ。

走行するコースを短縮しようと目論《もくろ》んだのだろう。園田深は県立みつば高校の裏手にある未舗装の道に入る。配達すべき家々が立ち並ぶ道ではない。ただ通るためだけの、土むき出しの道だ。

園田深はまったくの一人。他者を巻きこむ危険はない。

高い木々の枝葉が庇《ひさし》代わりになっているためか、土がむき出しとはいっても、地面に泥の池はできていない。だが水というものはしみこむ。まずはしみこんで、土の内部をやわらかくする。雨の日にここを通るべきではない。園田深は見誤る。まさに不注意だ。急がなければならないという気持ちが判断の基準を甘くする。

体の重心バランスをとることが必要とされる乗りもの。それがバイクだ。乗り手がバランスを保つことで車体も安定し、初めて前に進める。

そこを横から押されたら、ひとたまりもない。

慎重にタイミングを計り、わたしは園田深を押す。過去二回の失敗を活かし、強めに押す。

だが思いのほか手応えはない。わたしが押すのよりも一瞬早く園田深が急ブレーキをかけたからだ。

土むき出しのぬかるんだ道で急ブレーキ。しかもバイクが急ブレーキ。それこそ自殺行為だ。そんなことを知らない園田深でもあるまいに。

バイクは見事に転倒する。園田深が声を上げる余裕もない。あっと思った次の瞬間にはもう横倒しになっている。そんな具合。

それでも、手応えのなさは気になった。

いやな予感がする。

わたしはその場に立ち尽くして、いや、浮かび尽くして、しばし様子を窺《うかが》う。

バイクの後輪がクルクルと空まわりしている。園田深は右向きに倒れている。ヘルメットは数メートル先に飛んでいる。あごのヒモをゆるくしすぎていたのだ。

だがヘルメットをかぶっていたとしても無駄。そう思わせるものが、園田深の頭の十センチ先にある。下半分が土に埋まっている幅一メートルほどの大きな岩だ。硬くてギザギザな、石に近い岩。その岩があったからこそ、わたしはそこで園田深を押したのだ。

そして今。見る限り、園田深の頭から血が流れたりはしていない。

流血していないどころか、園田深は動く。

「マジかよ」とつぶやき、ふうっと息を吐く。

上半身を起こし、すぐ先にある岩の表面をピタピタと叩く。

再びその場に横たわる。ドサリと、というか、ビチャリと。背を下にしてだ。

そうやって寝転んだまま、園田深はパンツのポケットから携帯電話を取りだす。

また時間を見るのかと思ったが、そうではない。ガラパゴスという機種名だかメーカー名だかのその携帯電話を園田深は口に近づける。耳には近づけず、口だけに近づける。

メロディのようなものが聞こえてくる。さびしくてたまらないカエルみたいな声で、園田深が何やらフガフガ言っている。電話をしているのではない。自分の声を録音しているのだ。

「過去もいい。未来もいい。今の無の音、それだけを聞いて」

最後に早口でそう言うと、園田深は携帯電話をパタンと閉じて、パンツのポケットに戻す。

目も閉じたので、時間差で死ぬのかと期待する。

が、その目はまたすぐに開かれる。

青でも灰色でもない、雨が長く降りつづいているとき特有のやけに白い空を眺めているようだ。その白い空を黒いカラスが飛んでいる。角度をつけて地上を見下ろすべく、何度も旋回する。地面に横たわる生きもの、園田深。それがエサになり得る状態かを見極めようとしているのだ。

「死なねえよ」と園田深がいきなり言う。つぶやくのではない。はっきり言う。わたしにでなく、おそらくは自身に。「まだ終わんねえよ」

園田深は安堵したろうが、わたしは驚いている。かつてないほどまでに驚いている。

曲のメロディを思いついたから、この雨のなか、園田深は急ブレーキをかけたのだ。かけてしまったのだ。忘れないうちに携帯電話の音声メモに残そうと。そのあとの言葉、今の無の音云々は、メロディを録音しているうちに同じく思いついた詞の断片なのだろう。

園田深が急ブレーキをかけたせいで、わたしが押す部位は微妙にずれた。ずれたせいで、園田深は岩にぶつからなかった。偶然と言えば偶然だ。ただ。この園田深には、その偶然が毎回起きてしまいそうな気がする。

わたしにミスはなかった。それは確信できる。決して自惚《うぬぼ》れでなく、わたしは優れている。三回めもそのまま任されるのは、要するに腕がいいからなのだ。

その三回めをしくじった。何万もの成功を収めてきたわたしが立てつづけに失敗。一人の人間に三日をかけ、三度失敗。そんなこと、あるはずがない。

園田深がゆっくりと立ち上がる。雨ガッパの襟から首筋に水滴でも流れたのか、犬のようにぶるっと体を震わせる。再び言う。

「映画の悪魔みたいにはいかねえよ。好きにはさせねえよ」

参った。本当に生きている。

いつかこんな日が来るのではないかと思わないこともなかった。実際に来るとは思わなかったが、来るのを想像してみないこともなかった。

仮に来たとして。その三回めを切り抜けられる人間とはいったいどんな者なのか。

答があっけなく出てしまった今。それが例えば社会に多大な利益をもたらす政界や財界の大物ではなくこの男だったことにわたしは驚いている。脅威を感じている。

一昨日の駅、県道。そして今日のこれ。三度。

ある種の圧倒的な意志を持って立ち向かう人間は、迫りくる死をもはねつけられる。

そういうことなのか?

だとしても、園田深。よりにもよって、園田深。

何であれ、わたしは責任をとらなければならない。悪魔の責任のとり方、いや、とらされ方がどんなものなのかをわたしは知らされていない。罰として天使にされるというようなことではないだろう。そんな生易しいものではないだろう。と、想像はしている。

園田深は起こしたバイクに乗り、エンジンをかける。雨ガッパに付着した泥はじき雨に洗い流されるだろう。

ひょっとすると、ひょっとするのかもしれない。こんな男が世界を変えてしまうのかもしれない。

もはや空にカラスの姿はない。

園田深が、わたしの手を離れる。

今宵守《もり》宮《みや》くんと

ワンルームにトカゲが出たらもう無理だ。虫ならしかたないと思えるが、トカゲはしかたないと思えない。

午後九時すぎ。僕はテーブルのノートパソコンに向かっていた。缶ビールを飲みながら、動画配信サービスの映画を見ていたのだ。天使だの悪魔だのが出てくるそれを。

視界の隅で、何かが動いた。右方の壁、物入れの扉の上あたりにトカゲがいた。白い壁に浮かぶシルエットですぐにわかった。

「うおっ！」と口に出して言った。「いやいやいやいや。ないないないない」

アパートの一階。虫には悩まされてきた。でもこの種類、この大きさは初めてだ。

動画を一時停止するのも忘れてイスから立ち上がり、恐る恐る壁へと向かった。距離を置いて、観察した。

トカゲはじっとしていた。薄めの灰色。デカい。頭から尻尾の先までなら十センチはあるだろう。

そのサイズのものはさすがに潰せない。ではどうするか。逃がすしかない。

市指定のごみ袋に入れて運ぶことにした。その口を大きく開き、左手で持つ。右手には、昨日ドアポストに入れられていた市政だより。厚みがあってちょうどいいそれで、尻尾の側から優しく、でも素早くファサッとはらう。トカゲは宙を舞い、袋のなかに落ちていった。

「よしっ！」と言い、また開けられるよう簡単に口をしばった。

上はトレーナーで下はスウェットパンツ。どちらも灰色の部屋着兼寝巻。カギだけを尻のポケットに入れ、サンダル履きで部屋を出た。

アパートの近くに放すとまた戻ってきそうなので、公園まで行くことにした。

空家が目立つ、暗く沈んだ町。街灯が少ないせいで実際に暗い道をゆっくりと歩く。

ところどころに田んぼや空地がある。田んぼには空缶や弁当の空容器が、空地にはナンバーのない原付バイクや扉のない電子レンジが捨てられている。ガソリンスタンドは潰れたまま。ガラスはすべて割られ、ミニ廃墟のようになっている。

ここ何日かは野良犬も見る。柴犬。たぶん、捨て犬。昨日もアパートのごみ置場でごみを漁《あさ》っていた。気が立っていそうで近寄れなかった。

後ろから来たバイクに追い抜かれる。警官の白いバイクだ。

こんな時間もパトロールか。大変だな。

そう思っていると、バイクはUターンし、こちらへ戻ってきて、停まる。

四十前後の警官が、バイクから降りて言う。

「お兄さん、何してんの」

「えーと、歩いてます」

「こんな時間に散歩？」

「そう、ですね」

「どこ行くの？」

「そこの公園に」

「家は近く？」

「向こうのアパートです」

「名前は？」

「小畑恒人、です」

「オバタツネヒトさん。免許証ある？」

「いや。財布を持って出なかったので」

「何歳？」

「三十です」

「何してる人？」

「今は、何もしてないです」

「無職ってこと？」

「会社をやめたばかりで、求職中というか」

「無職なわけね？」

「まあ、はい」

会社は二ヵ月前にやめた。ジェネリック薬品を扱う小さな会社だ。

いろいろと疲れてしまった。起きれない朝が続いた。目は覚めているのに体を起こせないのだ。それでもどうにか起き上がり、会社に行った。気持ちが壊れかけているのを感じた。

ちょっと参ってるので何日か有休をとらせてほしいと上司に言ったらダメだと言われた。ダメというのは何だろう。そう思った。翌日、退職届を出した。強い意志が伝わるよう、退職願ではなく、退職届と書いた。結局、やめることはできたが、残っていた有休はうやむやにされた。それで争う気にはならなかった。

会社をやめたことを高野玉緒《たかのたまお》には言わなかった。が、気づかれた。もう何ヵ月もアパートには来なかったカノジョの玉緒が、平日の午前中にいきなり訪ねてきたのだ。それでバレた。

やめた理由を説明したが、玉緒は納得しなかった。そんな大事なことを隠されてたのがいや、と言った。心配させたくなかったんだよ、と僕は言った。玉緒は玉緒で話をすり替え、僕は僕で話をすり替えていた。玉緒は僕が無職になったのがいやなだけ。僕は自分が無職になったのを玉緒に知られるのがいやなだけ。

次を決めるために動いてるの？　と訊かれ、動いてない、と正直に答えた。結果、別れることになった。

「疑ってるわけじゃないんだけどさ」と警官が言う。「よくないものとかやってないよね？」

「よくないもの、というのは」

「危険ドラッグとか」

「まさか。やってませんよ。ビールはちょっと飲みましたけど、そういうのはやってないです。見たこともないですよ」

「これからも見ないようにね」

「はい」

「その袋は、何？」

「ごみ袋です」

「ごみ袋を持って、散歩？」

「なかは空です。いや、空ではないけど、ごみは入ってないです」

「じゃあ、何が入ってる？」

「えーと、トカゲです」

「トカゲ？」

「はい。部屋にトカゲが出たんで、捕まえて、公園に放そうかと」

「一応、見せてもらえる？」

「はい」

街灯の真下まで二メートルほど移動。ごみ袋を開いた。

警官は身を屈めてなかを覗き、言う。

「いるね。確かに」そしてこう続ける。「これ、トカゲじゃないな」

「え?」

「指が丸っこいから、ヤモリだよ」

「ヤモリ」

「家を守るって書くヤモリ。守るに宮とも書くけど。家にいたんでしょ?」

「はい。アパートに。壁を這ってました」

「じゃ、ヤモリだ。トカゲは壁を這えないから」

「そうなんですか」

「そう」

「イモリっていうのも、いますよね?」

「いるね」

「どうちがうんですか?」

「イモリは両生類。ヤモリとトカゲは爬虫類。イモリはだいたい腹が赤いよ」

「よく知ってますね」

「普通、知ってるでしょ」

「いやぁ、そこまでは。家を守る、はわかりますけど、守るに宮とも書くんですか。ヤモリ」

「うん」

「モリミヤと読んじゃいますよね」

「読まないよ」

「知らない人なら、人の名字だと思っちゃうような」

警官はそこで意外なことを言う。

「ヤモリを放しちゃっていいの？」

「はい？」

「ほら、害虫を食べて、家を守ってくれるわけだからさ」

「あぁ。そうなんですね。でも、同居はちょっと」

「まあ、それはいいけど。とにかくさ、公園に放したら、すぐに帰ってよ。ウロウロして、変に疑われてもつまんないでしょ」

「はい」

トレーナーにスウェットパンツにサンダル履きでスカスカのごみ袋を手に夜の住宅地をウロウロする男。疑いたくなるかもしれない。

警官はバイクに乗って去っていく。

もう袋の口はしばらない。その下のあたりをゆるく握って歩きだす。

確かに、家を守ってくれる守宮《もりみや》くんを放しちゃマズいかもしれない。

ということで、来た道を戻る。

そこを渡ればアパート、という旧道の前で立ち止まる。

ちょうど人もいない。ここで放そうか。

そう思ったところで、アパートのごみ置場に野良犬がいることに気づく。またごみを漁っていたらしい。

犬はごみ置場を離れ、旧道に飛び出す。

次の瞬間、僕の左方から来た大型トラックがアパートに突っこむ。ドカン！　という音が響き、バリバリバリッ！　という音が続く。まさに一瞬。気づけばもうトラックは停まっている。前半分を一階の角部屋にめり込ませた形で。

一階の角部屋。一〇一号室。僕の部屋。

僕自身も一瞬で固まり、その場に立ち尽くす。右方へ走り去る野良犬を、目は追わない。トラックインアパート、に釘付けだ。

運転手は犬をよけようとしたのだろう。対向車線には車がいたから、左へハンドルを切ったのだ。

アパートからも近くの一戸建てからも人が出てくる。あちこちで声が上がる。

「ヤバいヤバい！」「なかの人は？」「救急車！」「警察も！」

旧道では早くも渋滞が起きている。

僕は車のあいだをすり抜け、アパートへ近寄る。出窓はないので、なかの確認はできない。まあ、するまでもない。メチャクチャだろう。ノートパソコンもテーブルも壊れ、去年の誕生日に玉緒がくれたブルートゥースのスピーカーもどこかへすっ飛んでいるだろう。

「ここの人ですよね?」と不意に横から言われる。

二十代前半ぐらいの男性。たぶん、隣の部屋の人だ。顔を知っているだけ。名前までは知らない。

「そうです」と応える。

男性は人が集まっているほうへ行き、声を上げる。

「部屋の人はだいじょうぶ。ここにいる」

僕はあらためてアパートを見る。

そして自分がごみ袋を手にしていることに思い当たる。

袋のなかを見る。守宮くんはいない。

何故だろう。逃げたのではなく、消えたのだと感じる。

守宮くん、家を守ってないじゃん。そう思ったあとに、こう思う。いや、住人である僕のことは守ったのか。

テーブルやイスは窓際にあった。あのとき守宮くんが現れていなければ、たぶん、僕はまだそこにいた。イスに座り、ノートパソコンで映画を見ていた。そして真横からトラックに突っこまれていた。アウトだったろう。

救急車のサイレンが聞こえてくる。

そこからの流れは早かった。

部屋の人いますか？　と救急隊員に言われ、進み出た。請《こ》われるまま、ドアのカギを渡した。救急隊員たちはドアを開けて部屋に入った。すぐに警察も来た。パトカーが三台。レッカー車も来た。トラックの運転手が運び出されていった。出血はしていたが、命に別状はなかった。

また警官から質問を受けた。さっきとはちがう警官だ。たまたま出かけていたのだと説明した。で、帰ってきたところで、こうなりました。運転手さんは、飛び出してきた犬をよけようとしたんだと思います。

そこまでで、事故からはまだ一時間も経っていなかった。

すっかり姿を変えてしまったアパートを見ながら考える。

あそこで会社をやめるという判断はまちがいではなかった。玉緒との別れは痛手だったが、会社をやめてなければ続いていたかと訊かれたら、答はノーだ。お互い、気持ちはすでに離れていた。

そして今、僕は守宮くんに守られた。もし守られていなければ、無職の小畑恒人さん三十歳がトラックに突っこまれて死亡、というニュースが流れていたはずだ。そうならなくてよかった。無職の三十歳のまま死ななくてよかった。

こうなったら、動くしかない。守る家がなくなったから、守宮くんは消えた。僕は守宮くんに守られ、背中を押されたのだ。もうこの沈んだ町から出ろ、立て直せ、と。

やけに晴々とした気持ちで、そんなことを思う。
目の前でアパートにトラックが突っこんだばかりだというのに。

カフェ霜《しも》鳥《とり》

トイレから戻ると、四人がいる。

六つのカウンター席。その両端を空ける形でスツールに座っている。

並びはいつもどおり。左から、入沢光伸《いりさわみつのぶ》、藤木伊智子《ふじきいちこ》、勝太《かつふとし》、海老原王治朗《えびはらおうじろう》。トランペット、ピアノ、ベース、ドラムス。言わば入沢光伸クァルテットだ。

「来たんだ？」

「ああ」と四人を代表して光伸が言う。

「元気？」と伊智子に訊かれ、

「まあね。どうにかやってるよ、適当に」と答える。

「適当に店をやれちゃうんだから昌樹《まさき》はすごいよ」と太に言われ、

「サックスも適当に吹いてたしね」と返す。

「適当に吹いてたのかよ」とこれは王治朗。

「適当も適当だよ。基礎がしっかりしてないから、とにかく適当に吹きまくって、煙に巻こうとしてた」

「だからあんなスモーキーな音が出るのか。まさに煙」と光伸。

「スモーキー。ものは言いようだ」

「昌樹が好きな『ミステリオーソ』のジョニー・グリフィンだよな」

セロニアス・モンクの『ミステリオーソ』というライヴ盤でテナーサックスを吹いているジョ

ニー・グリフィン、ということだ。

「あのグリフィンはほんとにいいよ」と僕は言う。「モンクと組んだテナーではグリフィンが一番好き。コルトレーンを推す人が多いけど、おれはグリフィン。って、この話、何回した？」

「二十回はしてるかも」と伊智子。

「そんなに？　覚えてないな」と太。

「太が人の話を聞かないだけだろ」と王治朗。

僕は四人のコーヒーを淹《い》れにかかる。もう片づけを終えてしまったが、また始める。ガスの元栓を開き、豆も新たに挽く。

四人はいつも閉店後に来る。ドアの札はCLOSEにしてあるからだいじょうぶ。ほかのお客さんが入ってくることはない。

カフェ霜鳥《しもとり》。営業は午前十一時から午後八時まで。流行ってはいない。閉店までお客さんがいることもそうはない。いても三人。今日はゼロ。

で、片づけを終えたら、四人が来たのだ。意外だった。

ジャズのトリオといえば、ピアノとベースとドラムス。その三人がリズムセクションと呼ばれる。クァルテットは、そこにテナーなりアルトなりのサックスが加わることが多い。さらにトランペットが加わり、クインテットになる。クインテットと聞いてジャズファンがまず想起するのはその形だろう。

ピアノトリオ＋サックスのクァルテットは多いが、ピアノトリオ＋トランペットのクァルテットは少ない。

四人はその形のクァルテットになった。テナーサックスの僕が抜けたからだ。はっきりと抜けたわけではないが、そんな感じになった。四人もそう思っているはずだ。

ゆっくりと時間をかけて淹れたコーヒーを四人に出す。

霜鳥ブレンド。この店の味。マンデリンを多めにしている。僕は酸味より苦味のほうが好きなのだ。焙煎の度合いで苦くするのでなく、豆本来の苦味を出したい。

カップは白、ソーサーも白。模様はなし。薄すぎず、厚すぎないから、軽すぎず、重すぎない。

「どうも」と四人が口々に言う。

いただきます、とは言わない。実際、飲みはしない。飲めないのだ。実体はないから。

それでも四人が来ればいつもコーヒーを出す。カフェなのだから、出す。初めからずっとそうしている。というか、初めてのときにそうしたので、その後も続けるようになった。飲まれないからといって手を抜きはしない。お客さんに出すのとまったく同じものを出す。さっき自ら言った、適当に。あれはそういう意味ではない。

四人はもう亡くなっている。彼ら自身はそのことを知らないのだと僕は推測している。たぶん、彼らの感覚は、事故に遭う前のそれなのだ。だから二十二歳の大学生の姿でそこにいる。

あの事故が起きたとき、僕は現場にいなかった。いなかったからこそ、今はこちら側にいる。いられる。

四人が亡くなって、じき二十年になる。こんなふうに会うようになってからは十年。十度めの祥月《しょうつき》命日に初めてこの形で会った。ある意味、僕が彼らを招いたとも言える。

僕がカフェ霜鳥のマスターとなって新装オープンした日。それが彼らの命日なのだ。二月二十四日。

無理にではないが、僕が合わせた。偶然にも日が近かったのだ。その日は大安でもあった。だから内装工事の業者と話し合ったとき、オープンをそこに決め、逆算して改装の日程を組んだ。何か意味を持たせたかったのだ。自分のスタートにも、四人の死にも。

二月二十四日の閉店後、初めて四人が来た。そのときは驚いた。片づけを終え、さっきと同じようにトイレを出た。すると、彼らがいたのだ。今と同じカウンター席に、今と同じ並びで。

さすがに、うっとなった。が、声は出なかった。飲みこんだ感じだ。

「おぅ」と光伸が言い、

「おぅ」とそこは僕も返した。

「昌樹、吹いてるか？」と王治朗に訊かれ、

「吹いてないよ」と答えた。

それは僕らのあいだにある時間的な隔たりを感じさせる質問だった。が、その後話していくうちに、ちゃんと練習してるか？　くらいの意味であったことがわかった。

驚きはしたが、僕は四人をすんなり受け入れた。コーヒーもすんなり出した。

案外こんなものなのだな、と思った。彼らはもうこの世にいない。だが普通に姿を現され、普通に話されたら、普通に応じてしまうものなのだ。自分もそちらへ引きずりこまれるのでは、という恐怖を感じたりはせずに。

僕はついぽろりと言った。

「来てくれてよかったよ」

「最初の日だからな」と光伸が言い、

「そりゃ来るでしょ」と伊智子が言った。

「来るね」と太も言い、

「来ちゃう来ちゃう」と王治朗も言った。

「最後の日もまた集まろうな」と光伸が言うので、

「おいおい、すぐに潰れるってことかよ」と僕が言った。

皆、笑った。

それからも年に一度、四人は命日に店を訪ねてくるようになった。

だからこそ、不思議なのだ。今日は九月十八日。命日でも何でもないから。

四人とは大学が同じ。ジャズ研で一緒になった。

ジャズ研究会。今はどうか知らないが、僕らがいたころは一定の地位を保っていた。一応、大学公認。課外活動の補助金をもらっていたし、学生会館に部屋を与えられてもいた。

僕らは同学年。うまい具合に担当楽器もバラけていた。光伸が中心となり、クインテットを組んだ。

皆、ブラバンでそこそこ鳴らした程度。プロになれるレベルではなかった。

最も演奏技術が高かったのはトランペットの光伸。最も低かったのは僕だと思う。それでも、一緒にやれる範囲に収まってはいた。

僕らは、奏者としてだけでなく、人としての相性もよかった。ジャズ研にいなくても、知り合えてさえいれば仲よくなれたはずだ。ライヴ後は必ず五人で打ち上げをした。練習後にそれをすることもあった。

そこではジャズの話もした。くだけた話もした。太と王治朗の名前の話は、今も覚えている。

王治朗、は、王が治める朗《ほが》らかに、ということで父親がつけた。それはいいが、長い。海老原王治朗。六文字。対して、太は短い。勝太。二文字。

二人で漢字をもっとうまく分け合うことはできなかったのかと、酔うたびに話した。勝王治朗と海老原太にするとか、四文字ずつではないにせよせめてどちらかが三文字でどちらかが五文字にするとか。

そんなこんなで、ジャズ研は楽しかった。メンバーには本当に恵まれたと思う。

大学ではカノジョもできた。同学年の中村鳴美《なかむらなるみ》だ。友人に連れられ、二年のときの僕らの学祭ライヴを観に来た。

学部は同じだったから、授業で一緒になることもあった。ライヴの数日後、教室で声をかけられた。観たよ、と。

それからよく話すようになり、教室で待ち合わせをするようになり、付き合うようになった。

鳴美は、僕自身にというより、ジャズをやっている僕に価値を見出していた。何というか、ジャズを高く見すぎていた。

四人も、僕が鳴美と付き合っていることは知っていた。

一度だけ、鳴美も交えて六人で飲んだことがある。そうしたいと鳴美にせがまれたのだ。だから練習後の飲みに連れていった。

残念ながら、なじまなかった。鳴美と四人は、互いに気をつかう感じになった。僕自身も居心地の悪さを覚えた。四人といるときの自分と鳴美といるときの自分はちがうのだと思った。

結局、飲みに行ったのはその一度だけ。二度めはなかった。鳴美はジャズと少し距離をとるようになった。

四人にもカレシカノジョはできた。

できなかったのは、意外にも一番人当たりがいい王治朗だけ。

太には初めからカノジョがいた。高校時代から付き合っていたのだ。光伸と伊智子に関しては。その二人が付き合った。それぞれにカノジョとカレシはいたが、たまたま同時期に別れ、そうなった。

だが付き合ったのは三ヵ月ぐらい。あっさり別れてしまった。それで演奏がしづらくなるとか、どちらかがクインテットから抜けてしまうとか、そんなことはなかった。あとで光伸が言っていた。お互いそうはなりたくないから早めに別れたのだと。

卒業しても演奏は続けようと僕らは話していた。僕らというよりは、僕以外の四人。特に光伸が熱心だった。プロは目指さない。だからこそやりたい。気も音も合うこの五人で続けたい。光伸はそう言った。

やらないとは言わなかったが、僕はさほど乗り気ではなかった。正直に言えば、無理だと思った。演奏はしたかったが、自然消滅のような形になるだろうと予想していた。

卒業したら、皆、働く。休日もそれぞれちがう。勤務地が東京でなくなる者も出てくるだろう。例えば伊智子がそうなったら。ピアノレスの編成でやることはできるかもしれない。だが太がいなくなったら。王治朗がいなくなったら。ベースとドラムのどちらかが欠けたらもう無理だ。演奏にはならない。無理やりやることはできるが、それではもう意味がない。

僕自身には、このカフェ霜鳥もあった。父が三十代で始めた店だ。霜鳥は僕らの名字。

僕が大学四年のときまでで十七年。よく続いた。当時すでに売上は落ちていたが、店をたたむほどではなかった。父もまだ五十代。僕が就職活動をするときも、継ぐ継がないの話は出なかった。父はいずれ閉めるつもりでいた。僕は、継ぐのは難しいが潰すのも惜しい、と思っていた。だからチェーン店のカフェを運営する会社を受け、店を継ぐ可能性は残した。そこで店舗経営などを学んでおけば継ぐ際にプラスになると思ったのだ。

そして大学四年の冬。皆、就職も決まり、卒論の審査も終えて卒業も決まり、あとは卒業式を待つばかりとなった二月末。

光伸が、卒業旅行ならぬ卒業演奏合宿をしようと提案した。山中湖の近くにある宿泊施設付きの貸スタジオを見つけてきたのだ。そこで死ぬほど演奏しよう、マイルスばりにマラソンセッションをしよう、と言った。

悪くない話だった。演奏はしたかったので、僕も賛成した。五人でレンタカーを借りて行くことになった。

が、結局、僕は行かなかった。二十二歳らしい理由でだ。

二日前に、鳴美が自転車で転倒し、手首を骨折した。倒れる際、変な角度で路面に手をついてしまったのだ。

福井出身の鳴美は都内のアパートで一人暮らし。連絡を受けた僕が付き添った。

その後、鳴美は発熱した。僕は部屋に泊まり、看病した。

入社予定日までの完治は難しいと医師に言われ、そのうえ熱が出て弱気になった鳴美は、こんなことを言いだした。

「演奏合宿には行かないで」

「あぁ。でも」もうキャンセル料がかかっちゃうし、と言う代わりに僕はこう言った。「クインテットだから、一人いなかったら四人が困るし」

「クァルテットでも演奏はできるんでしょ？　昌樹、そう言ったじゃない」

言った。リズムセクションの三人、ピアノとベースとドラムがそろっていればとりあえず演奏はできる。だからいずれ僕が抜けても四人は困らない。むしろ下手な僕が抜ければ演奏のレベルは上がるかもしれない。と。

大学卒業後を想定して言ったこと。鳴美はそれを覚えていたのだ。

「就職してからも趣味で演奏するのはいい。でも今回は行かないでほしい。一緒にいてほしい」

熱を出したカノジョにそう言われたら。いや、これが大学最後だからおれは行くよ、とは言えなかった。

光伸に電話をかけて事情を説明し、謝った。

「悪いけど、四人で行って。かかったお金を五で割った分は払うから」

「いや、それはいいよ」と光伸は言った。「でも。無理?」

鳴美がそれを望んだことは何となく悟っているようだった。僕は言わなかったし、光伸も訊かなかったが。

骨折したときに発熱することはある。それは知っていた。だが重度の骨折のときにそうなりやすいということまでは知らなかった。

あとになって思えば、あのときの鳴美の発熱はカゼから来たものだった。その証拠に、何日かして僕自身がカゼをひいた。たぶん、うつったのだ。ずっと一緒にいたから。

そして。

幸か不幸か。いや、完全に幸だが。

そのおかげで、僕はたすかった。命拾いをした。

四人が乗った車が、高速道路での玉突事故に巻きこまれた。四台の事故の、後ろから二台めになった。しかも前後二台がトラック。後ろからトラックに追突され、前のトラックに突っこんだのだ。車はメチャクチャだったという。

運転していたのが光伸で、助手席に座っていたのが伊智子。後部座席に太と王治朗。初めに追突したトラックは居眠り運転だったらしい。

ショックだった。直後に熱が出たから、ショックでそうなったのかと思った。が、症状は明らかにカゼのそれだった。熱はあったがインフルエンザではないようなので、葬儀には行った。ずっと朦朧《もうろう》としていた。

結果として、僕は鳴美に命を救われた。それを素直に喜べなかった。四人は亡くなっている。喜んでいいはずがない。

でも。無理？

光仲のその言葉がずっと耳に残っていた。僕が行ったところで彼らがたすかったわけではない。僕も同じことになっていただけ。それでも、一人だけズルをしたような気にはなった。

演奏合宿には行きたかった。本気で行こうと思えば行けた。あのときは、明らかに鳴美のほうが無理を言っていると思っていた。僕がいるからといって熱が下がりはしないのだ。

大学四年。最後の演奏合宿。もしかしたら演奏自体が最後になる可能性もあった。行ってきなよ、と言ってくれてもいいんじゃないか。そう思っていた。振りきって強引に行ってしまうという選択肢もなくはなかった。

だが僕は行かず、生き残った。鳴美には、感謝するしかない。

そんな鳴美とも、そう長くは続かなかった。

皮肉にも、その件で溝ができた。就職で離ればなれになったこともあり、半年後に別れてしまった。別れるために半年置いた、という感じもあった。そうしないと、事故が原因で別れたようになってしまうからだ。お互い、それはいやだった。

僕はカフェの運営会社に入り、サラリーマンとして働いた。サックスは吹かなくなった。吹けなくなった、のではない。吹く理由と、吹く場所がなくなったのだ。

二年でカフェの店長になった。会社がチェーン展開するセルフサーヴィスの店。実家のカフェの店長になるより先に、あっさりなってしまった。

店長を三年やったあと、エリアマネージャーになり、地区の数店の管理や指導をした。

そのころの一時期、鳴美と何度か会った。互いの近況報告も兼ね、ご飯を食べに行ったりした。

もしかしたら、という思いもなくはなかった。だがそんなふうにはならなかった。もうならないのだとわかった。

そして三十二歳のときに父が亡くなった。その三ヵ月前、入院したときからカフェ霜鳥は一時的に閉めていた。そのまま終わりにするしかない。初めはそう思ったが、いざ父が亡くなると、気が変わった。やはり惜しいと思うようになったのだ。

僕は会社をやめ、店を引き継ぐことにした。少しは常連さんもいるから、カフェ霜鳥の名前は変えない。外観も変えない。だが内装は変えた。音響設備も改良した。いくらかジャズ喫茶仕様にしたのだ。やり過ぎない程度に。

大きな音でジャズを流したりはしない。カウンター内の棚にレコードをズラッと並べたりもしない。小さな音でCDをかける。ジャズのCDは千枚近く持っていたから、それで充分。オートチェンジのCDプレーヤーを置き、一枚一枚セットする手間を省いた。

お客さんはそこそこ入ってくれた。まさに、そこそこ。一人だからどうにかやっていけるという程度。家族がいたらとても無理。母と二人でも厳しかっただろう。

母は、父の死後三年で再婚した。もともとあまりうまくいっていなかったのだ。店をたたんでタクシーの運転手でもしてほしい。そんなことをよく言っていた。

僕と仲が悪いわけではないので、たまにはこのカフェ霜鳥にも来る。新しい夫の今枝周造《いまえだしゅうぞう》さんを連れてきたりもする。代替わりしていい店になったわね、と軽口も叩く。今枝さんは、昔からの母の知り合い。いくつかのアパートを持ち、その家賃収入で暮らしている。

鳴美とは、二十代半ばに会ったのを最後に会っていない。

結婚したことは最近知った。大学時代の友人に聞いたのだ。今は一宮という名字で、十三歳の娘がいるらしい。

そうか、と思った。それ以上、思えることはなかった。

「やっぱりレッド・ガーランドはいいよね」と太。

「カクテルピアノとか言われたりもするけど、何だそれ、だよな」と王治朗。

「あんなにブルースがうまく絡むカクテルもないよね」と伊智子。

「自分の音を持ってるのが大きいよ。聴けばわかるもんな、ガーランドだって」と光伸。

「聴きたくなるしね、実際」と僕。

「どの感情のときも聴けるんだよ、ガーランドは。バド・パウエルはそうもいかない」

「うん。いかない」

「楽しいときはいいけど悲しいときはダメとか、あるいはその逆とか、そういうことじゃないんだよな」

「そうそう。極端に楽しいときとか極端に悲しいとき限定。ただ楽しいただ悲しいレベルのときにパウエルはしんどい」

「『虹の彼方に』をああ弾いちゃうんだもんな。何をそんなに急ぐのかって感じに」

「急ぎに急いだと思ったらいきなり立ち止まるしね」

「あれはあれですごくいいけどな」

「でも聴いてリラックスはできないよね。聴きながらテスト勉強もできない。耳にがっつり食いつかれちゃうから」

「昌樹のカノジョもパウエルは無理だったんだろ？　えーと、あの子、何て名前だった？」

「鳴美ちゃん。だよね？　合ってるよね？」

「合ってるよ」

「何だっけ。飲み会のときに言ってた、その鳴美ちゃんのパウエルについての感想」

「神経質」

「それ。ジャズを聴き慣れてない子がいきなりあれを聴かされたら、そう思うよな」

「でもガーランドは好きなのよね？」

「うん。『プリーズ・センド・ミー・サムワン・トゥ・ラヴ』はいいって言ってた」

「あぁ。あれはいいいな」

「ほどよくブルージーだよね」

「確かに」

「ガーランドといえばトリオだけどさ、クインテットものも結構いいんだよ。まさにほどよくブルージーで」

と、そんなふうに五人でジャズ談議ができるのは楽しい。

普段はまずできないのだ。周りにジャズを聴く人がいないから。ジャズに詳しいお客さんも少ない。知ってはいても、マイルス・デイヴィスやジョン・コルトレーンやビル・エヴァンス止まり。フィニアス・ニューボーン・ジュニアやポール・チェンバースやロイ・ヘインズの話まではできない。

「やっぱりさ」と光伸が言う。「クァルテットよりはクインテット、一管よりは二管だよ。サックスはあったほうがいい。自分で言うのも何だけど、トランペットだけじゃおもしろみがないよ」

「そんなことないでしょ」と僕が言う。「ちゃんと演奏を聴かせるには、一管のほうがむしろいいんじゃないかな」

「いや、一管だと、ピアノとベースとドラムに用意してもらった道を一人で歩いてるような気になるんだよ。何か、こう、その三人とも距離があるというか、ちがう場所にいるような気がしちゃう。でもそこにサックスが入ると、すべてがうまくまわるんだ。何というか、バチッと決まる」

「おれの下手なサックスでも?」

「昌樹は下手じゃないよ」

「いやぁ、下手だったよ。このなかではダントツに下手だった」とつい過去形で言ってしまう。今はもう吹いていないから、どうしてもそうなるのだ。

「そんなことないよ」と太が言い、

「おれは好きだけどな。昌樹の下手ウマサックス」と王治朗も言う。

「ジャズに下手ウマはないよ」と僕。「下手はただ下手だ」

「いや、味はあるだろ」と王治朗。

「光伸との相性もいい」と太。

「いいか?」

「いいよ」

「だとすれば、邪魔をしないからだな。自分の技量をわきまえてるから、適当には吹いてるけど邪魔はしない。トランペットとサックスのバトルにならないんだ。ちゃんと住み分けてるんだよ。

光伸が山の手で、おれは下町」

「あぁ。それ、ほんと、そうかも」と伊智子が笑う。「だからいいんだよ、わたしたち。絶妙なアンサンブルになってる」

二十歳下のはずなのに同い歳と感じられる四人の顔を見て、ふと思う。

僕は今、四十二歳。厄年。正月も厄払いには行かなかった。

実は僕までもが死んでるんじゃないだろうな。

前に観た映画にそんなのがあった。天使や悪魔が出てくる映画だ。そのなかに、自分はまだ人間だと思っている霊が出てきた。

だが僕はこうしてコーヒーを飲める。四人は飲めないが、僕は飲めている。明らかに、生きている。吹こうと思えばサックスも吹ける。

そのコーヒーのお代わりを淹れるべく、背後の棚へと振り返る。

そして向き直ると。

四人はいなくなっている。四つの白いカップがカウンターに並んでいるだけ。

いつも、いなくなるときはこうなのだ。別れのあいさつもなく消えてしまう。消える瞬間を見たことはない。今のように、僕が目を離したすきにいなくなる。カウンターに四つのカップが残される。

命日ではない今日。

もしかしたら、これが最後ということなのか。

四人は、どこか行くべきところへ行くのかもしれない。やっと行けるのかもしれない。


今日は飲もう、と思う。

明日も店は開けるが、まあ、いい。どうせ午前中にお客さんが来たりはしないから、開店が少し遅れてもかまわない。チェーン店のカフェでは絶対に許されなかったが、個人店なら許される。四つのカップを洗い、再度片づけをする。戸締りをして、店を出た。

普段は酒を飲まない。だから買い置きもしていない。

缶ビール一本にウイスキー。そんなとこかな。

そう考えながら、カフェ霜鳥とアパートの中間点にあるコンビニに入った。

買物もするからいいだろうと思い、雑誌を立ち読みした。週刊誌。ゴシップ色は強くないそれ。パラパラとページをめくり、官僚の裏金がどうのという代わり映えしない記事を読んだ。

車が店の駐車スペースに入ってきたようだな、と思った。いや、思ったというほどでもない。テールライトの赤い光で感じたという程度。

そこまでだった。

ガシャン！　という凄まじい音がして、凄まじい衝撃が来た。わけもわからず後ろへ吹っ飛ばされ、後頭部にも強い衝撃が来て、意識が飛んだ。

どのくらい飛んでいたのかわからない。五秒なのか十秒なのか一分なのか。何も見えず、何も聞こえなかった。実際には何かを見て、何かを聞いていたはずだが、すべてが遠かった。これは無理だ、とただ感じた。

一度戻った意識が、徐々に薄れていくのがわかった。

あぁ、と靄《もや》のなかで僕は思う。
最後は最後でも、今日はカフェ霜鳥最後の日だった。だから来てくれたのだ、四人は。
そして本当の最期にこう思う。
また吹くか。向こうで。

ほよん

霊って、いる。

つい今しがた、それがあっけなく判明した。

その存在を信じていたわけではないが、さすがに認めるしかないだろう。自分がそうなったからには。

どうやら、僕は空中をふわふわと漂っていたらしい。一ヵ月近くも、そうしていたらしい。ビル壁面の表示板に映しだされた今日のニュースの日付を見て、そのことがわかった。僕の最後の記憶は二月半ばのそれだが、今はもう三月半ばなのだ。その間、僕はそれこそ風に吹かれてあちこちをさまよっていたのだろう。そしてほぼ一ヵ月を経た今、霊として、ようやく目覚めたのだ。

生前観た映画に、自分を人間だと思っている霊が出てきた。

僕はちがう。自分が霊だと知っている。

受け入れるのは難しかったが、認識するのは簡単だった。意思はあるが体はない。思惟《しい》のかたまりのようなもの。それが今の僕だ。幸い、自分が誰であるかはわかっていた。モロハシトモノブ。諸橋知信、だ。漢字まできちんとわかるのだからまちがいはない。と思う。

自分にも見えないので、これは推測になるが、たぶん、今の僕は球形だ。ソフトボールよりは大きく、バレーボールよりは小さい。だから、そう、ハンドボール大。その大きさの、割れないしゃぼん玉のようなものだろう。たぶん。

ふわふわと朝の空に浮かぶと、遠くに東京スカイツリーが見えた。左方には、東京タワーも見える。それらの位置関係からして、住んでいたアパートからそう遠くないところに自分がいることがわかった。

　というわけで、僕はふわふわとそのアパートを目指した。上空は風が強いので、場所の見当がついてからは、地上付近に下りた。張りめぐらされた電線よりは下で、歩いている人々の頭よりは上、といったあたりにだ。

　自走、というか自進はできたが、残念ながら、そう速くはなかった。その代わり、疲れることもなかった。

　ついでに試してみたのだが、人や物を通り抜けることはできなかった。霊なのだからできそうなものだが、できなかった。ぶつかって、ほよんとはじかれてしまうのだ。僕のほうが。ただ、それで気づかれることはなかった。犬に吠えられることもなかったし、カラスに襲われることもなかった。

　ふわふわと高度を変えたり、ほよんと人にはじかれたりしながらも、僕はどうにかアパートへたどり着いた。

　一階二階に各四室。その一〇五号室が僕の部屋だった。大家さんは縁起の悪い四を省いて一〇三の隣を一〇五にしたわけだが、僕にその効果はなかったらしい。

　それはともかく。建物の裏へまわってみた。

　普段は下ろされている掃き出し窓のシャッターが、意外にも上げられていた。その理由はすぐにわかった。空巣に入られたところで、盗られるものが何もないからだ。つまり、部屋そのものが空室になっていたからだ。

今はないおでこを窓にくっつける感覚で、僕はなかを覗きこんだ。白い壁とフローリングの床が見えるだけ。窓の内側にカーテンすらないその部屋には、本当に何もなかった。もうここに住人はいない。僕はもうここの住人ではない。自分が存在しないことを、形として示されたような気がした。

ふわふわと窓から離れると、僕は会社へと向かった。家の次は勤め先。当然の発想だった。人であったとき同様、その日用品会社へは電車で行った。自分の能力を考えたら、それが一番早そうだったからだ。

駅のホームに電車が到着すると、人々の乗り降りがすむのを待って、扉が閉まる直前に上部のすき間から乗りこんだ。あとは、網棚や天井のあたりをふわふわしていればいいのだから楽だった。たとえ通勤電車でも、そこに人はいないので、僕は車内を自由に動きまわることができた。

そして自由に動きまわった結果、痴漢行為を目撃した。

車両の隅で、座席の前に立っていた二十代前半と思われる女性が、すぐ後ろにいた三十代後半と思われる男にお尻を触られていた。ほかの乗客からは見えなかったかもしれないが、僕からは丸見えだった。何せ、上からだから。

女性はすごくいやそうな顔をしていたが、黙っていた。半ばあきらめているようにも見えた。僕は男の頭に何度もタックルをかましたが、そのたびにほよんとはじき返された。霊なのだから悪漢にぴりっと電気を流すことくらいできそうなものだが、やはりできなかった。女性が次の駅で降りるのを上から見届ける。僕にできたのはそれだけだ。

乗るときとは反対に、降りるときは電車を真っ先に降りて、僕は会社へと向かった。もちろん改札は通らずに。ホームからふわふわと敷地の外に出て、だ。

会社の正面玄関は自動ドアだが、センサーが僕には反応してくれなかったので、人が来るのを待って、開いたすきに入った。疲れないのだからエレベーターに乗る必要はなかったが、ちょうど一階に来ていたので乗り、課長と一緒に四階で降りた。

所属していた営業課に僕不在の影響はまるでなく、その光景はいつもと何ら変わらなかった。と言いたいところだが、よく見ると、ちょっとだけ変わっていた。デスクの配置が微妙に変えられていたのだ。

へぇ、変えたんだ、と思い、じきに気づいた。僕のせいでそうなったのだということに。つまり、配慮がなされたのだ。二十五歳の若さで亡くなった社員の席をそのまま後任者につかわせるのは酷だろう、というわけで。そして僕の知る限りでは人事課にいた二十代後半の女性がおそらくはその後任者としてそこにいることで、デスクはすべて埋まっていた。

アパートに続き、会社でも、自分が存在しないことが示された。この二つめは大きかった。一般的にこの世と言われているところに僕は存在していない。そのことを、もはや疑う余地はなかった。

それを自覚した僕が次に訪れる場所。それはもう決まっていた。付き合っていたカノジョのところだ。そこに行けば、何故僕がこうなったのかがわかるかもしれない。わからないにしても、行きたい。とりあえず、カノジョの顔を見たい。

暗くなるまであちこちをふわふわして過ごし、それから、大崎弓奈《おおさきゆみな》のアパートに行った。またしても電車で。ただし、もう痴漢は見たくないので、車内を動きまわったりはせずに。

アパートの部屋に入るためには、弓奈が帰ってきたときにその場に居合わせなければならない。だから僕は、午後七時半にはその二階建てアパートの前でふわふわしていた。階段で、上へほよん、下へほよん、とはずんだりもしていた。ほよよよよん、と転げ落ちたりもしていた。

予想どおり、弓奈は午後八時には帰ってきた。

ただ、予想していなかったこともあった。連れがいたのだ。男の。

二人は階段を二階へと上った。僕はふわふわと上昇し、先に玄関の前に行った。弓奈がカギを解いてそのドアを開け、僕、弓奈、男、の順でなかに入った。

二人はすぐにくつろいだが、僕は心情的にくつろげず、部屋をふわふわした。

この大崎弓奈とは、合コンで知り合った。男女の人数合わせに無理やり駆り出された合コンでだ。

弓奈は僕より二歳下。かわいい子だと思った。カレシと別れたばかりだとかで、積極的に働きかけられ、付き合うことにした。もう半年になる。僕がふわふわしていたこの一ヵ月を含めて半年だ。で、今ここへやってきた、ぱりっとしたスーツ姿のこの男のことを、僕は知らない。

「じゃあ、これ」と言い、その男がバッグから取りだした何かを弓奈に手渡した。

きれいに包装され、赤いリボンがつけられた、立方体の小箱。プレゼントのようだった。

でもいったい何のプレゼントだろう。弓奈の誕生日は十月だ。

と思っていたら、男が言った。

「一日早いけど、ホワイトデーのお返し」

「わぁ。ありがとう。何?」

弓奈が包装紙を少々乱雑にはがし、その箱を開けた。

時計だった。金の鎖がバンド代わりになっている、リストウォッチみたいなやつ。それも、かなり高そうな。

「あっ。これ、あれじゃん! わたしがほしかったやつじゃん!」と、弓奈が喜びの声を上げた。

わたしがほしかったやつ。それを知っている、男。二人の関係の深さを感じた。二人の関係の長さも感じた。まあ、そうだ。ホワイトデーのお返しということは、一ヵ月前のバレンタインデーに弓奈も何かをあげたはずなのだから、すでにその時点で何らかの関係があったということだろう。バレンタインデーに二百円の義理チョコをもらっただけの男が、ホワイトデーに高価なリストウォッチを返すわけもないのだし。

そこで、いきなり弓奈が言った。

「知信、怒んないかな」

その言葉で、部屋にちょっとした沈黙が生まれた。初めから音なり声なりを出せない自分までもがその沈黙に加わっているような気がした。

男がその沈黙を破った。

「それは言いっこなし。いずれ彼には話すつもりでいたんだ。だから、そんなふうに考える必要はないよ」

「ほんとに、話すつもりだった？」

「つもりではなかったにしても、いつかは話すことになってたよ。おれに弓奈を手放す気はないんだから。それにさ、見方を換えれば、弓奈はむしろいいことをしたんだよ」

「どうして？」

「だって、最後まできちんと隠し通したろ？　彼も、知らないままのほうがよかったに決まってるよ」

弓奈は男を見つめて言った。

「アヤタ、優しいね。だから好き」

何だそれ、と思った。それは、優しいのか？

「やっぱりさ、おれら、別れるべきじゃなかったんだよ。まあ、一度別れたからこそ、こうやってわかり合えたのかもしれないけど」

だから、何だよ、それ。

二人がキスをしているあいだ、僕は低い天井すれすれのあたりを右へ左へさまよった。狭いワンルームのどこにも逃げ場はなかった。窓を開けてくれ、と言いたかった。そしたら出ていくから、と。

たすけは意外なところからやってきた。

ウィンウォーン、とインタホンのチャイムが鳴った。時刻が時刻なので不安がらせないようにしたのだろう。外からこんな声も聞こえてきた。

「時間指定のお届けものでーす」

キスを中断した弓奈が、立ち上がり、玄関へと向かった。アヤタがいるからか、受話器による応対は省いて。

もちろん、僕もふわふわと続いた。そして弓奈がドアを開けたその途端、一気に外へと飛び出した。

そこには、宅配便会社のユニフォームを着た男性が立っていた。

「えーと、大崎弓奈さん宛のフラワーギフトです。十三日、夜間指定の」

参った。僕が出したのだ。バレンタインデーに、デパートで売っているようなちょっと高めのチョコをもらった、その直後に。一日早くなってしまうが、日曜の夜なら確実に在宅しているだろうと思って。またそうすることで、驚きをともなう喜びも与えられるだろうと思って。

でもそれが、こんなおかしなことになった。まだ人であった僕が、霊になった僕をたすけたわけだ。期せずして。

弓奈のアパートから遠ざかると、その夜はもう、ただふわふわと過ごした。

三月の夜だから、人ならまだ寒いはずだが、幸いにも、いや、不幸中の幸いにも、僕は寒くなかった。夜というものに対する感覚も、人のときとはちょっとちがっていた。ふわふわしつつ寝るのかと思ったら、寝なかった。眠くならないのだ。だから今朝の、目覚めたというあの感じも、眠りから覚めたということではなかったのだろう。霊として生まれた、というようなことだったのかもしれない。

長いとも短いとも感じられない夜が過ぎて、朝が来た。

僕は東京駅から新幹線に乗った。実家に行くことにしたのだ。

生まれて初めて乗るグリーン車は、とても快適だった。人が皆座っていることで上の空間は広々としていたし、痴漢が活躍できそうな場でもないので、ずっと安心していられた。

在来線に乗り継いで実家に着いたのは、午後三時だった。

住宅地にある一戸建て。一階も二階も、雨戸が閉められていない窓からなかを覗いてみたが、母がいる気配はなかった。自転車でどこかへ出かけたものと思われた。久々の帰省なので、ちょっとその辺をふわついてみることも考えたが、母と一緒でなければ家に入れないことを思いだし、それは断念した。

母は三十分ほどで帰ってきた。やはり買物に行っていたらしい。自転車の前カゴに手製の買物袋が入っており、そこから長ネギと大根がのびていた。

その自転車を庭に上げると、母は買物袋を手に玄関にまわり、カギを解いてそのドアを開けた。弓奈のときとくらべて、進入は楽だった。そのまま郵便受けに配達物を取りにいこうと、母がドアを開けっ放しにしたからだ。

ふわふわというよりはふぃ〜っという感じにダッシュをかけて、僕は居間の奥にある父母の寝室へと急いだ。そしてそこで、あるであろうと予想していたものを見つけた。仏壇に飾られた僕の写真。遺影だ。

それは、祖父母の遺影の隣に並べられていた。急ごしらえの感は否めなかったが、実際にすべては急であったはずなのだから、無理もなかった。

遺影の僕は、一ヵ月前の僕よりも若かった。たぶん、二十二歳だ。その写真は、大学卒業後の春休みに帰ってきたときにこの家で撮られたものだから。不機嫌ではないが、ご機嫌でもない僕。愛想よく笑っておけばよかった。こんなことになるなら。

母が玄関から居間にやってきたので、僕もその居間に出た。

母は買物袋と配達物をダイニングテーブルに置いた。そして買ってきたものを買物袋から取りだすのかと思いきや、それをせずにこちらへやってきて、ソファに座った。音という音も立てず、ゆっくりと、沈むようにだ。

正面のテレビをつけるのかと思ったが、それはしなかった。

では何をしたのか。

何も、しなかった。買物から帰ってきた母は、買ってきたものをしまうこともせず、ソファに座り、ただぼんやりしたのだ。それも、唐突に。

もう一ヵ月近く経っているのだから、涙を流したりはしなかった。すぐ前にある木のテーブルに突っ伏したりもしなかった。だが母はぼんやりした。ただひたすら、ぼんやりした。ソファの背もたれには寄りかからず、背中を丸め、肩を落として。ただでさえ小さな体を、さらに小さくして。

これが日常の光景であることが容易に想像できた。その母の姿は、仏壇の遺影以上に、息子の死が現実であることをはっきりと伝えていた。

ぷう、という音が聞こえた。母がおならをしたのだ。可笑《おか》しい、と思えなかった。つまり母は今ここに一人なのだ。母は残されてしまったのだ。そう思った。

決して大げさでなく、母はそこで一時間もぼんやりしていた。居間の掛時計で確認したからまちがいない。一時間と五分。母はそこでそうしていた。僕がすぐそばにいることを知らずに。

その一時間と五分が過ぎ、ようやく母が立ち上がると、僕は二階の自分の部屋に行った。雨戸が閉められていたので、外からは見えなかったが、そこは物置と化していた。僕のアパートからまとめて引きあげたのであろう荷物が、すべてそこに置かれていたのだ。冷蔵庫や洗濯機や電子レンジから、衣類や本やＤＶＤにいたるまで、すべてが。ほぼ未整理のまま。

その後、午後七時すぎに、父が仕事から帰ってきた。僕は母とともに玄関で父を迎えた。

父は来年の三月に定年退職する。今年じゃなくてよかった、と思った。僕の死と、父の退職。二つの大きな変化にいちどきに見舞われるのは、忍び寄る老いをすでに隠せなくなった両親にはかなりの負担だろうから。

父と母は、ダイニングテーブルを挟み、向き合って食事をした。そのあいだ、ほとんど何もしゃべらなかった。たくあんおいしいな、と父が言い、しその香りがするでしょ、と母が言う。その程度だった。

僕の話は出なかった。あえて触れないようにしているのだということが、雰囲気でわかった。父がそうしていたのだ。母のことを案じて。そして母も合わせていたのだ。母は母で、父のことを案じて。

その夜を、僕は真っ暗な二階の自室で、自身の遺品とともに過ごした。あまりふわふわせずに。ただ浮かんで。

そして朝になると、父と母に別れのあいさつをした。具体的には、ほよんとはじかれてしまわないよう、二人が動きを止めているときに近づき、それぞれのおでこに接触した。僕には唇がないから厳密にそうとは言えないが、限りなく接吻に近い接触だった。ありがとうとさようなら。その二つの言葉を、同時に思い浮かべた。どちらが先でどちらがあとということもなく。同時に。

それから、父と一緒に家を出て、玄関の外で別れた。父は車で職場へと向かい、僕は駅へと向かった。

ふわふわと進みながら、兄のところへも行くべきだろうか、と考えてみた。兄は仕事で上海《シャンハイ》にいる。上海。中国だ。さすがにそこまでは行けない。いや。パスポートもいらない僕なら案外簡単に行けるのだろうが、行ったとしても、兄の居所を知らない。さらに。行ったとしても、何もわからないだろう。僕の死については。

ただ、そう考えたあとに、思った。兄がいてよかった、と。こうなったのが優秀な兄でなく、僕でよかった、と。

再びグリーン車で東京に戻ると、僕は丸の内界隈をふわふわした。突然のビル風にどこまでも流されてみたり、流されずにがんばってみたりもした。

さて、どうしよう、と思った。でもそれは思ったふりをしてみただけのことで、どうするかはすでに決まっていた。

アパートダメ、会社ダメ、カノジョダメ、実家ダメ。そうなった僕が次に選んだ行先は、恥ずかしながら、元カノジョのところ、だった。友だちのところ、も候補に挙がらないではなかったが、男性につきまとうのは、さすがにためらわれたのだ。

そんなわけで、引っ越されてたらアウトだな、と思いつつ、細田可絵《ほそだかえ》のアパートに行った。地下鉄と私鉄を乗り継いでだ。

可絵は引っ越してはいなかった。そして以前同様、午後七時半に帰ってきた。弓奈とちがい、一人だったので、うれしかった。

と思ったら、十五分後に男が訪ねてきた。

可絵はアパート二階の自分の部屋に、その男を笑顔で迎え入れた。

男はこの時期でも肌が黒く、ちょっとサーファーっぽかった。とはいえチャラチャラした様子はなく、短髪で、むしろいい人そうに見えた。サーファーはサーファーでも、砂浜のごみなんかをきちんと拾って帰りそうなサーファー、という感じだ。

「おつかれ」と男が言い、

「おつかれ」と可絵も言った。

その声と表情から、可絵の生活の充実ぶりが窺い知れた。一日の疲れを、覇気が遥かに上まわっていた。平日の夜にまでこうして会うのだから、二人の仲は順調なのだろう。可絵が僕と別れて半年になるのだから、こうであって当然なのだろう。

「コウテンくん、トッピングで苦手なもの、ある？」

「ないよ。何でもオッケー」

「あれ、アスパラも平気だっけ？」

「ピザに載るならオッケー」

二人はそんなことを言い合って、宅配ピザ屋に注文する品を仲よく選んだ。そして三十分後にそのクォーターナントカいうピザが届けられると、それを仲よく食べた。そして仲よくテレビを見て、仲よく笑った。

ピザを食べ終えると、「ちょっとタバコね」と言って、コウテンくんがベランダに出た。

え？　それはズルいよ可絵、と思った。可絵はこの部屋で僕がタバコを吸うのを許さなかった。それどころか、体に悪いからタバコはやめようよ、と事あるごとに言っていたのだ。ちょっとしつこいくらいに。

でもこれは、結局、僕が可絵を傷つけてしまったことの証《あかし》なのかもしれない。その傷があるから、可絵はコウテンくんにその手のことを言わないのかもしれない。言えないのかもしれない。

去年、可絵は僕に、増税による値上げが実施されるのを機にタバコをやめることを提案した。実際、値上げ幅も大きかったので、これはやめどきかなぁ、と僕自身思っていた。加えて、僕の健康のことを本気で考えてくれているのだな、と密かに喜んだりもしていた。

にもかかわらず。

僕はそれを理由につかった。何の理由にって、別れるための理由にだ。合コンで知り合って気を引かれた弓奈と付き合うべく、可絵と別れる。そのための理由にだ。

そういうのいいよ、と僕は可絵に言った。あれこれ指図されるのはいやなんだよ、と。指図という言葉はキツいな、と思った。でもつかった。それがお互いのためなのだ、などと勝手なことも思って。

で、その結果がこのザマだ。弓奈に二股をかけられ、それにちっとも気づかない。そのうえ、ホワイトデーに花まで贈り、その花に自分がたすけられたりしている。

僕は人を見る目がない。ものごとを見極める目がない。ない。まったく、ない。

そんな僕が言うのだから自信はないが、コウテンくんは、可絵とはお似合いだと思う。僕よりもずっとお似合いだと思う。こんなことを言えた義理ではないが、コウテンくんには可絵を大事にしてほしいと思う。浮気はしないでほしいと思う。数合わせ要員なのだからいいだろう、などと妙な理屈をつけて合コンに参加しないでほしいと思う。もはや僕に体はないが、心はまだあるようなので、その心の底からそう思う。

コウテンくんは、そのまま可絵の部屋に泊まっていった。

わざわざ一つの部屋に集《つど》った男女なのだから、二人はすることをした。

それが始まると、僕は、折戸が開いたバスルームへふわふわと移動した。見ていてもよかったが、そこは霊として礼をわきまえることにしたのだ。僕は霊だが、紳士でもある。紳士の霊。紳霊だな、と思い、ちょっと笑った。ダジャ霊。これは笑えなかった。

翌朝、可絵とコウテンくんは一緒に部屋を出て、駅で別れた。

コウテンくんについていってもしかたないので、僕は可絵についていった。

電車のなかでは、可絵が痴漢に遭わないかとひやひやした。ふわふわと精一杯の監視はしたが、見つけたところで何もできないと思うともどかしかった。でも可絵なら、自ら毅然《きぜん》と対応するだろう。痴漢を取り押さえたりはしないまでも、やめてください！　くらいのことはきちんと言うだろう。

可絵の勤める製菓会社には、もちろん初めて行った。可絵の所属は総務部だった。僕と同い歳の可絵はそこでは一番の下っ端のようだが、上の人たちからはかわいがられている感じがした。でもそれだけではなく、社員として当たり前に信頼されている感じもした。本当にただの下っ端でしかなかった僕なんかにくらべれば、ずっとだ。

一日じゅう、総務部でふわふわしているわけにもいかないので、僕は十二階建てのそのビルの屋上からふわりと舞い下りたり、非常階段をほよんほよんと上り下りしたりした。霊にもそれが必要なのかどうかは知らないが、一応、運動のつもりだった。

可絵のその日の仕事が終わったのは、午後七時前だった。

会う人会う人におつかれさまでしたを言い、可絵は会社を出た。僕も会社を出た。まるでストーカーだな、と思ったが、可絵といると楽しいのだからしかたなかった。可絵は素の顔が笑顔だから、そう感じられるのかもしれない。その顔をただ眺めているだけで、何となく気分がいいのだ。

帰りの電車でも、役に立たないボディガード役を自主的に務めた。

アパートに帰るものと思われた可絵は、途中駅で電車を乗り換えた。はは〜ん、今日はコウテンくんのところへ行くのだな、と思った。これについては、わからなくもない。付き合いだしたばかりの男女は、毎日でも会いたいものなのだ。事実、僕と可絵もそうだったし。

数分後、三線が乗り入れるターミナル駅で、可絵はその電車を降りた。そして駅前の雑踏を抜け、通りの歩道をすたすたと歩いた。そんな可絵の周りを僕はふわふわと漂い、時おりほよんとおでこにぶつかったりした。わざと。飼主にまとわりつく犬みたいに。

それから、可絵が通り沿いのコンビニに入った。続こうか迷った末、外で待つことにした。万が一出るのに失敗し、店に取り残されてしまったら困るからだ。

女性誌やタウン誌やマンガ誌やエロ雑誌を立ち読みしている人々の姿を、外からガラス越しにふわふわと眺めた。可絵は店内をひとまわりし、すぐにレジへ向かった。店員に声をかけたところを見ると、コウテンくんへのおみやげのタバコか何かを買うのだろう。やはり、可絵はコウテンくんに夢中なのだ。好きな人のことは好きなままでいたいのだ。それはそうだよな。指図されたなんて、言われたくないよ。

店から出てくると、可絵は再び通りを歩いた。僕は例によってほよんとおでこにアタックし、そのあとに続いた。

この先には、僕もたまに泳ぎに行っていた屋内プールがある。子どもだましのそれではない。競技会なんかも行われる、立派なプールだ。夜十時まで開放しているから運動不足の社会人には重宝されている、というような。

プールが近くていいなぁ、と思い、コウテンくんのことがちょっとうらやましくなった。サーファーも、プールで泳ぐのかな。まあ、泳ぐよな。プールで泳げなかったら、海では泳げないもんな。それに、常々、泳ぎの練習をしておくことも大切だよな。となれば、僕ら、あのプールですれちがったりしたことがあるのかもな。いや。そこまでの偶然はないか。

可絵が交差点の前で立ち止まった。

あれ、信号、青なのに。

と思ったら、いきなりしゃがみこんだ。気分が悪くなったのではない。しゃがむべくして、しゃがんだのだ。街灯の柱にひもでくくり付けられたガラス瓶。そこに挿された白い花のもとに。

可絵は、十秒ほど、身動きをせずに、その花を見つめた。

そして、コンビニのビニール袋から二箱のタバコを取りだして、ガラス瓶のすぐわきに置いた。

そして、左右の手を顔の前で静かに合わせ、目を閉じた。

街灯の横の電信柱には、縦長の白い看板が立てかけられていた。そこには、警察署からの、お願い!! として、こう書かれていた。

2月16日(水)午後10時00分ころ
この場所で　トラック　と　歩行者　の　死亡交通事故　がありました。
この事故を見た方、またはお心当たりのある方は下記までご連絡ください。

二月十六日。たぶん、僕はプールに泳ぎに行った。会社のノー残業デーに指定されている、水曜日だから。

午後十時。たぶん、僕はプールをあとにして、駅へと向かっていた。九時四十分に水から上がって着替え、五十五分には出ることにしていたから。

片側二車線のこの通りは、その時間帯でも交通量が多い。だから、この交差点で僕が信号無視をすることはない。

そこまで考えて、わかった。推測したのではない。感じたのだ。事実を。

僕は横断歩道を向こうから歩いてきた。

同じ向きに車道を走っていたトラックが、交差点で右折をしようとした。

対向車がちょっと途切れたすきに、急いで曲がろうとしたのだ。

交差点から出ることのみに集中していたため、運転者の注意は歩行者には向かなかった。

僕にしてみれば、後ろからいきなりだ。

ダン！　で終わりだったはずだ。

自分が死ぬことに、気づきさえしなかったはずだ。

何故だろう。急劇に意識が薄れてきた。霧に包まれたような感じもする。

かろうじて、今日が三月十六日であることに思い当たった。

十六日。だとすれば。月命日だ、最初の。

僕は可絵の頬をかすめるようにしてふわふわと地面に下り、タバコの箱に接触した。いや、接吻した。

箱を見て、笑った。

そのタバコは、低タール低ニコチンのタイプだった。

健康のことは、もう考えてくれなくていいのに。

僕はそのタバコの箱に寄りかかるようにして、しゃがんでいる可絵を見上げた。

もう一度、付き合っていたころのように、モロくんと呼んでくれないかなぁ、と思った。

あと一本だけ、タバコが吸いたいなぁ、とも思った。

次いで。

朦朧としつつ、あぁ、そうか、と気づいた。これは、せめて自分がどう死んだかを知るための、いわば猶予期間だったのだな、と。

両手の指を組み合わせた可絵が、僕を見ていた。花とタバコを見ることで、僕を見ていた。

ありがとうとさようなら。それにごめんなさいをくわえ、その三つの言葉を、同時に思い浮かべた。どれが先でどれがあとということもなく。同時に。

僕に鼻があったら、その奥がツンとしていたかもしれない。

僕に目があったら、そこから涙が流れていたかもしれない。

夜だからでなく、周りが暗くなる。
そして、スウッとなる。
最期の瞬間に。
モロくんと呼ばれたような気が。
しないでもない。

LOOKER

わたし、山田絵恋《やまだえれん》。永遠の十歳。

といっても、アイドルタレントの人たちがよくふざけて言うような意味じゃない。本当に、永遠の十歳。

絵恋ていう名前は、パパとママが二人でつけた。名字の山田があまりにも普通で地味だから、下の名前は少し変わって派手なものにしたかったらしい。

暗くなりかけた空のもと、観客席から、「おぉっ」という歓声が上がる。ピーピーやフィーフィーと口笛や指笛が鳴り、拍手も起こる。照明がつき、美実《みみ》たちがステージに出てきたからだ。

十分くらい前から、わたしはその野外ステージに一人でぽつんと立っている。誰にも気づかれてはいない。と思う。見る限り、わたしを指して驚いているようなお客さんはいないから。

まあ、これまでに、一度も気づかれたことはないのだ。あたし霊感強くて、なんて言ってる人にわざと近づいてみたこともあるけど、わたしには気づかなかった。ただし、わたしがほかの霊を見たこともない。その霊感の強い人が、ほらあそこ、と示したほうに目を向けたときも、何も見えなかった。わたしは霊感のない霊なのかもしれない。

残念なことに、わたしの姿は美実にも見えない。もう数えきれないくらい何度もそばに現れてるけど、美実は気配さえ感じないみたいだ。今も、わたしのすぐ前を通りすぎ、ステージ後方のドラムのわきで立ち止まる。

「ここにいていいですか？」

「かまわないよ。タイコの音がうるさいだろうけど」

これでも叩いてな、と、美実はドラムの人からタンバリンを渡される。

バンドの演奏は、いきなり始まった。ドラム。ベース。ピアノ。ギター。ものすごく大きな音だ。床が揺れる。空気も揺れる。お客さんたちも揺れる。

わたしの横でタンタンと軽やかにタンバリンを叩く美実は、とても楽しそうだ。昔、小学校の音楽の時間に二人でタンバリンを叩いたことを思いだす。タンバリンはクラスの人数分なかったので、一つを二人で交互に叩いたのだ。わたしのほうがうまい！　なんて美実は言ったけど、あのころの音楽の成績は美実よりわたしのほうがよかったんじゃないかな。わたし、三年生まではピアノ習ってたし。

ロックとのちがいがよくわからないそのブルースという音楽に包まれながら、わたしはあらためて美実を見る。

上はぴったりめなシャツで、下は短めなスカート。そこから長い足がすらりとのびている。わたしと同級生なのに、美実はお姉さんになった。わたしたちも早くジョシコーセーになっておしゃれとかしたいねー、と言っていた、その女子高生。来月の誕生日がくれば、もう十七歳だ。背はわたしより二十センチくらい高いし、胸もぽよんとふくらんでる。わたしはまだペタンコだから、ちょっとうらやましい。

美実だけが大きくなって、さびしいことはさびしいけど、でも何かうれしい。わたしと同じ十歳のときから、美実はかわいかった。今はかわいいだけじゃなく、大人びて、きれいにもなった感じだ。ステージの照明のせいもあって、見ていてすごくまぶしい。

体をはずませてタンバリンを叩きながら、美実は、左前方でギターを弾くエイくんを見ている。もう、ずっと見ている。

エイくん。白鳥永生《しらとりえいしょう》さん。美実より十歳くらい上の、イトコ。あんなとこでギターを弾いてるけど、ミュージシャンではなくて、高校の先生だ。美実はよくこのエイくんのアパートに泊まりに行く。

イトコだからというのとはちがう理由で、美実はエイくんのことが好きみたいだ。美実が自分でそう言うのを聞いたことはないけど、そんな気がする。

エイくんはカッコいい。髪はボサボサで、長め。でも長すぎない。色白で、体は細め。でも細すぎない。あんな先生は、わたしが通ってた小学校にはいなかった。いたら、女子からも男子からも人気が出ちゃうだろう。整った顔は女子好みで、くだけた話し方は男子好みだから。

あんな人がイトコなら、きっと、わたしだって好きになっていたはずだ。ただ、好きとか嫌いとか、付き合うとか付き合わないとか、そういうのが、わたしにはよくわからない。まだ生きてたとき、わたしは同じクラスの湊《みなと》くんという男の子が好きだった。でもどのくらい好きだったかと訊かれたら、うまくは答えられない。美実がエイくんのことを好きであるのにくらべれば、その半分も好きではなかったと思う。

二曲の演奏が終わると、エイくんの右隣、ステージの真ん中でうたをうたっていた蓮見計作《はすみけいさく》伯父さんが美実を呼んだ。

そちらに向かった美実が、床を這うコードに足をとられて転びそうになる。あっと思い、わたしは美実を支えようと前に出た。

でも美実はわたしの体をすり抜けてしまう。いつものことだ。わたしはどこにでも行けるけど、何もできない。できるのは、ただそばにいて、見ていることだけ。とはいえ、今は、その先にいた計作伯父さんがうまく美実を抱きとめてくれた。ナイス、伯父さん！

この計作伯父さんはプロのミュージシャンだけど、美実はただの女子高生だ。なのに、今日このステージでうたう。バンドのギタリストにして計作伯父さんの息子でもあるエイくんが、伯父さんにすすめたのだ。美実に一曲うたわせよう、と。

計作伯父さんが、お客さんたちに、おれのかわいい姪っ子だと美実を紹介した。それでいて、美実のフルネームを知らなかった。何とも適当な伯父さんぶりに、お客さんたちは笑った。美実本人も笑った。だからわたしも笑った。

美実がドラムのわきに戻ると、演奏は再開された。

「困った伯父さんだね」と言ってみたけど、もちろん、美実は気づかなかった。タンバリンをタンタン叩いたり、揺すってジャラジャラ鳴らしたりしていた。やっぱりエイくんのほうを見て。

七年前から、わたしはパパとママのそばにいるだけでなく、こうしてちょくちょく美実のところにも顔を出している。美実が気づいてくれないので、初めは不満だったけど、さすがにもう慣れた。気づいたら気づいたで美実は落ちつかなくて大変だろうと、今では思うくらいだ。それでもせめて一度は気づいてほしいなぁ、とも思うけど。

自分が死んだときのことは、何となく覚えてる。でも、あんまり思いだしたくはない。

わたしはショッピングモールの駐車場にいた。ママと二人で買物に来ていたのだ。そして、いきなり男の人に刺された。

何だかわからなくなって、気がつくと、地面に倒れているわたしが見えた。

びっくりするくらい、たくさん血が出ていた。その血が、お気に入りの白いブラウスを真っ赤に染めていた。そのブラウスを着ているのだから、まちがいなく、それはわたしだった。ほかにも三人が倒れていた。取り押さえられた男の人が、楽しそうにゲラゲラと笑った。ママが悲鳴を上げながら屈み、わたしを抱き起こそうとした。でもわたしは何だかクニャッとしていて、とても起きられそうになかった。

本物のわたしは、少し離れたところに立って、それらを見ていた。

ママが何度もわたしの名前を呼んだ。それ以外は、何を言っているのかよくわからなかった。ママがそのままおかしくなってしまいそうで、ちょっとこわくなった。

「わたしはここだよ、ママ」と言ってみたけど、ママは気づかなかった。

ママだけじゃなく、誰もわたしに気づかなかった。わたしはちがう世界にいた。こちら側に来てしまったのだ。血だらけの体を、モールの駐車場に残して。

わたしにはママが見えるのに、ママにはわたしが見えない。わたしにはママの声が聞こえるのに、ママにはわたしの声が聞こえない。こわくて、さびしくて、悲しくて、わたしも悲鳴を上げた。でもその悲鳴も、やっぱりママには聞こえなかった。

その日から次の日にかけて、パパとママは一晩じゅう泣いた。わたしも泣き虫だったから、一、二年生のころはよく泣いたけど、このときのパパとママはそんなものじゃなかった。泣いても泣いても涙が止まらないみたいで、それをぬぐうハンカチが何枚あっても足りなかった。

「わたしのせいだ。わたしが刺されればよかったんだ。あぁ、絵恋。ごめんね、絵恋」

ママはそんなことを何度も言った。聞いているだけでつらかった。

「ちがうよ、ママ。ママのせいじゃないよ。わたしのせいだよ。わたしがモールに行きたいって言ったからいけないんだよ」

わたしも何度もそう言った。どんなに言っても聞こえないことは、もうわかってたけど。

ママだけじゃなく、パパも声を上げて泣いた。その何年か前におじいちゃんが亡くなったときは泣かなかったのに、この夜は泣いた。パパが泣くのを見るのは初めてだった。わたしがそうさせたんだと思い、また悲しくなった。パパとママがわたしに気づかないことも悲しかったけど、二人を悲しくさせてしまったことは、もっと悲しかった。なのに、できることは何もない。わたしはもう、本当に一人だった。

わたしのお葬式には、たくさんの人たちが来た。テレビカメラも来た。クラスの子たちは、全員来ていた。先生たちも来ていた。

仲がよかった子たちはみんな、泣いてくれた。驚いたことに、それほど仲がよくなかった子たちまでもがみんな、泣いてくれた。そのなかで、美実だけが泣かなかった。一番の友だちは美実だとわたしは思っていたので、それはちょっと悲しかった。美実にはわたしがそんなに大切な友だちじゃなかったんだ、と思い、わたしのほうが泣きそうになった。

ただ、泣いてくれた子たちも、泣き終えたら、ケロッとしていた。思う存分泣いたから、このことはこれでおしまい。そんな感じだった。それでも一週間くらいは教室でわたしのことを話したりしてたけど、そのあとは何も言わなくなった。机に置かれていた花が片づけられ、次いで机そのものが片づけられてしまうと、わたしは完全に忘れられた。それからは、何だかさびしくて、もう教室にも行けなくなった。

泣いてくれなかったとはいえ、やっぱり好きだったから、わたしは何度も美実に会いに行った。うまく説明できないけど、美実はちょっと変わった。まずあんまりしゃべらなくなったし、友だちと遊んだりもしなくなった。わたしの代わりにすぐに誰かと仲よくなったりしなかったことでは安心したけど、一年もそれが続いたことで、今度は心配になった。

その後、美実のお父さんとお母さんが離婚した。美実はお母さんに引きとられて、白鳥美実から堀《ほり》美実へと変わった。

そのころから、美実はエイくんのアパートによく行くようになった。もう中学生だから、一気に大人っぽくなり、背もグンと伸びて、わたしは美実を見上げなければいけなくなった。

高校生になっても、美実はエイくん以外の人とはあまりしゃべらなかった。それどころか、よく学校をサボるようになった。

エイくんの部屋に泊まるときだけは、美実も楽しそうだった。エイくんもやっぱり楽しそうだった。エイくんはエイくんで、美実のことが好きらしい。ただ、美実がエイくんを好きなのとは、ちょっとちがうように見えた。それは例えば、パパがわたしのことを好き、というのと似た感じの好きだ。まあ、美実はそれでもいいんだろう。病気でもないのに学校に行かないのを許してくれる先生なんて、エイくんのほかにはいないだろうから。

そんな美実に、今年、やっと一人、友だちができた。同じクラスの柴田《しばた》佐和《さわ》さんだ。霊にして十歳のわたしが見ても弱々しいこの佐和さんも、美実と同じで、友だちがほとんどいなかった。でも弱々しいなりにがんばって、佐和さんが何度も美実に話しかけ、二人はついに友だちになった。

正直に言うと、わたしはこの佐和さんにちょっとやきもちをやいていた。美実の一番の友だちはわたし。いまだにそう思っていたから、その座を奪われたくなかったのだ。

でも、その考えは変わった。いつも一人でいる理由を美実が佐和さんに話すのを聞いたからだ。そこで美実はこう言った。もう好きな人を失いたくないのだと。そうならないために、自分は誰とも深く付き合わないようにしているのだと。

失ってしまった好きな人の名前を、美実は、はっきりと口にしてくれた。

山田絵恋。わたしだ。

佐和さんは今、観客席から美実を見ている。美実がうまくうたえますように、とばかりに胸の前で両手を組み合わせて、見守っている。

この佐和さんになら一番の座をゆずってもいいかな、とわたしは思う。わたしの代わりにずっと美実の友だちでいてほしいな、とも。美実には、たぶん、生きている人が必要なんだ。きちんと姿が見えて、きちんと体温があって、きちんと会話ができる人が。

演奏の合間にちょっと休けい、ということなのか、ステージでは、計作伯父さんがお客さんたちに話をしている。美実もその話を聞いている。

計作伯父さんに背を向けて、わたしは美実の前に立つ。そうすることで、わたしたちは向き合うような形になる。

美実は覚えてるかな、と心のなかで言う。わたしたち、二人でよく公園のブランコに乗って、いろんな話をしたよね。ほら、弟と妹の話とか。

わたしたちはどっちも一人っ子だったから、弟や妹がほしかった。わたしは妹がよくて、美実は弟がよかった。あんまりほしかったんで、二人で名前まで決めた。わたしは自分が絵恋だからカレンがいいと言い、美実は、エイくんが永生だからエイゴウがいいと言った。パパの名前からつけてあげなよぉ、とわたしが言うと、だってエイくんがいいんだもん、と美実は言った。もうずいぶん前のことだ。

そして今、わたしはあのころよりずっと大きくなった美実を見る。美実は、あのころとちっとも変わらないわたしを見ている。ほんとは計作伯父さんを見てるんだけど、わたしのことも見ている。

「ねぇ、美実、聞いて」と、そこでは声を出して言う。「わたしにね、弟か妹ができるんだよ」

そのことは、昨日、ママから聞いた。ママが、お仏壇の前に座って、わたしに報告してくれたのだ。

そのとき、わたしは、座布団に正座をしたママのすぐ隣で、同じように正座をしていた。

「絵恋」ママはゆっくりと、でもはっきりした声で言った。「あなたにね、弟か妹ができるの」

ママはお仏壇の横にあるわたしの写真を見ていた。わたしはその写真とママを交互に見た。

「パパと二人でね、絵恋に何をしてあげられるだろうって話したの。絵恋は何を望んでるだろうって。絵恋、妹がほしかったんだよね。ママによくそう言ってたもんね。もしかしたら弟になるかもしれないけど、いいよね？　喜んでくれるよね？」

わたしは大きくうなずいて、横からママのお腹を見た。まだふくらんではいない、普通のお腹だった。ママはそのお腹を片手でそっとなでて、こう続けた。

「ママはもうおばさんだけどね、あと少しがんばってみようと思うの。生まれてくる赤ちゃんはね、一人っ子じゃないよ。絵恋ていうお姉ちゃんが、ちゃんといるからね。お姉ちゃんとして、絵恋も見守ってあげてね。お願いね」

ママの隣で、わたしは何度も何度もうなずいた。ママがわたしにきちんと報告してくれたことが、すごくうれしかった。パパとママは本当にいいパパとママだから、やっぱり誰かのパパとママでいるべきなんだ、と思った。

目の前にいる美実が、わたしを見て、にっこり笑う。計作伯父さんがお客さんたちにおもしろい話をしたからだ。でもわたしには、お姉ちゃんになることを美実が喜んでくれているように見えた。

エイくんに手招きされ、美実がマイクのほうに歩いていく。

二人は顔を近づけて、何やら話をする。

「そんじゃ、次は、おれにしてはちょっと珍しい曲をやる」と計作伯父さんが言う。「姪っ子よ。準備はいいか？」

美実が小さくうなずき、エイくんのマイクの前に立つ。場所を空けたエイくんが、美実のお尻を優しくポンと叩く。

計作伯父さんのギターから、曲が始まった。わたしも聞いたことがある曲。『スタンド・バイ・ミー』。

一番を計作伯父さんがうたい、二番を美実がうたった。歌詞は英語だ。美実、すごい！

マイクを両手でつかんで美実がうたっているあいだ、わたしはずっとそばにいた。すぐ隣に立って、美実の横顔を見ていた。見上げていた。

美実のうたは、とてもうまかった。何ていうか、すごく気持ちがこもっていて、聴いているこっちの気持ちまでもが震えた。今なら、わたしより美実のほうが音楽の成績は確実にいいだろう。

計作伯父さんがハーモニカを吹き、エイくんがギターを弾く。そして計作伯父さんと美実が一緒にうたう。お客さんたちが心地よさそうに体を左右に揺すり、音楽が街の夜空に響く。

一人の人間としてこの場に立ち、人に聴かせるためにうたをうたっている美実はもう大人なんだな、と思う。まだ二十歳にはなってないけど、やっぱり大人なんだ。もう、一人で立っていられるんだ。

長い時間をかけて曲を終えると、計作伯父さんがお客さんたちにお願いした。

「おれのかわいい姪っ子に拍手を」

大きな拍手が来た。

それを受けて、今度は美実がお願いする。

「わたしの愛《いと》しい伯父さんに拍手を」

もっと大きな拍手が来た。わたしもすぐ隣で懸命に拍手をした。「伯父さん、最高！　美実、最高！」と言いながら。

お客さんたちからの大拍手に感激したのか、美実は泣いた。それを見て、わたしも泣いた。実体がないのだから涙は出なかったけど、自分が泣いていることがわかった。

ライヴが終わると、美実とエイくんと三人で、エイくんのアパートに向かった。美実がそこに泊まると言うので、わたしもついていくことにしたのだ。

二人と一緒だから、自分だけ一気に移動したりはせず、駅のエスカレーターにも乗ったし、電車にも乗った。広いところでは美実の隣に並んで歩き、そう広くないところでは、美実とエイくんの後ろを歩いた。

うたったり演奏したりで疲れていたのか、美実もエイくんも、あまりしゃべらなかった。駅を出て歩いているときに、やっと美実が、「伯父さんカッコよかったね」と言った。エイくんカッコよかったよって言えばいいのに、と思った。

夜なのに、美実は何だかキラキラしていた。ステージで浴びた照明の光をそのまま自分のものにしてしまったみたいだった。数メートルおきにある街灯が、美実を照らすためだけに用意されているように見えた。

もう十一月だから、夜は肌寒いはずだった。現に、美実とエイくんは、ちょっと寒そうにしていた。

不思議なのは、わたしまでもが寒いと感じていることだった。七年前から、わたしは暑さや寒さを感じたことがない。なのに、今は感じていた。

その寒さは、一歩一歩進むたびに強まった。明らかに、何かがおかしかった。ただ寒いだけじゃない。急劇に気分も悪くなってきた。小学校の遠足でバス酔いし、体がしびれて冷たくなるあの感じ。こわい。

そして頭のなかに、ある光景がくっきりと浮かんだ。

場所はこの先の角を右に曲がった道であることがわかった。それが数十秒先の出来事であることもわかった。

美実とエイくんが、並んで右側の歩道を歩いている。

左側の車線をふらつきながら走っていた黒い車がセンターラインを越え、右側の車線を前からやってきた白い車にぶつかる。

避けようとしたけどぶつかられた白い車は、その勢いで歩道に乗り上げる。

歩道には、美実とエイくんがいる。ギターを持っているエイくんはとっさには動けない。美実が反射的にエイくんを突き飛ばす。

そこへ、白い車が突っこんでしまう。

あぁ、ダメだ、ダメだ。そんなのダメだ。

頭がクラクラする。胸がドキドキする。

ほんの一瞬、わたしは思う。つい思ってしまう。また美実と話せるんじゃないかと。美実がこっちの世界に来たら、また仲よくできるんじゃないかと。

バカ！　とわたしは自分をなじる。そうなっていいわけがない。美実が死んでいいわけがない。

わたしは霊だ。悪魔じゃない。生きてたときに観た映画に出てきた悪魔みたいに、人間をこっちに引っぱりこもうとしちゃいけない。

わたしは美実とエイくんの前に出て、どうにか二人の歩みを止めようとする。

「美実、ダメ！　そっち行っちゃダメ！」

もちろん、その声も美実には届かない。通せんぼをしたわたしの体を、美実もエイくんも、あっさり抜けてしまう。でもわたしは何度も同じことをする。前に出て、立ちふさがる。すり抜けられる。また立ちふさがる。またすり抜けられる。

「ダメなの、美実！　ダメ！」

わたしは美実をぶつ。エイくんをぶつ。手応えはない。まるで、ない。

「いやだよ、美実！　来ちゃダメ！」

二人をぶちながら、わたしは叫ぶ。泣き叫びながら、後退する。

美実とエイくんが、角を右に曲がる。

わたしは空気を思いっきり吸いこみ、美実の横顔、左目のあたりに息を思いっきり吹きかける。

たぶん、たまたまだと思う。強めに吹いていた風が、より強く吹いてくれたんだと思う。

「あっ」と声を上げて、美実が立ち止まった。

「どうした？」

「コンタクト。エイくん動かないで！」

そう言われて、エイくんも立ち止まった。

美実がその場にしゃがみ、歩道のアスファルトに顔を近づける。

すぐには見つかりませんように、とわたしは祈る。

でも美実はすぐに見つけた。夜なのに見つかるなんてうそみたい、なんてうれしそうに言った。うそだったらいいのに。

美実は拾ったコンタクトレンズをハンカチで包んで、立ち上がった。

「お待たせ」

美実とエイくんが、再び歩きだす。

車の急ブレーキの音が響き、ガツッという衝突音がそれに続く。

白い車が美実とエイくんとわたしの前方で歩道に乗り上げ、右側の家の壁に突っこんで、止まる。

美実とエイくんも足を止め、そこで呆然と立ち尽くす。

二人から白い車までは、三十メートルくらいの距離がある。

よかった。たすかった。

近くを歩いていた人たちや先のコンビニにいた人たちが、車のところに集まってきた。

「ぶつけたほうのやつ、酒を飲んでたのかもな」とエイくんが言った。

美実はただうなずいたりしてたけど、じきに、はっとした。自分たちがはねられていたかもしれない。そのことに気づいたらしい。

白い車のドアが開いて、なかから運転してた男の人が出てきた。周りの人たちが支えようとしたけど、男の人は力なくその場にへたりこんだ。

その人もたすかってよかった。本当に、そう思った。何の覚悟もないときにいきなり死んでしまうのは、とてもつらいことなのだ。自分だけじゃなく、残された人たち、わたしの場合で言えば、パパやママにとっても、それはもうつらいことなのだ。

立ったまま、美実は震えていた。誰が見てもそうとわかるくらいに、ぶるぶる震えていた。

エイくんがそれに気づいた。

「何？」

美実は答えなかった。

「どうしたんだよ」

やはり答えない。

「美実」

美実がエイくんの腕をつかんだ。絶対に離さないとばかりに、がっちりと。

「エイくん死なないでね」と美実は言った。そして、ノドのつかえがとれたかのように先を続けた。

早口だったし、わたしが知らない言葉が入ってもいたので、よく聞きとれなかったけど、とにかく死なないでほしいと言っているみたいだった。

言い終えても、まだ言い足りないかのような目で、美実はエイくんを見た。見つめた。

エイくんは美実を抱き寄せた。ギターケースを置き、右側の壁にもたれるようにして、美実と二人、歩道にしゃがむ。

「考えるな。考えすぎるな」

「死なない？　絶対に死なない？」

難しい質問だった。だけど簡単な質問でもあった。人間は、いつか絶対に死ぬ。モールでチョコレートを買おう、と思ったその十秒後には死んでいる、なんてことだってあるのだ。

しばらくして、エイくんが出した答はこうだった。

「死なないって約束はできない。人には何が起こるかわからないから。でもこれだけは約束する。もし死んだとしても、必ず化けて出てやる。そっちなら、約束できそうな気がする」

約束していいよ、エイくん。たぶん、化けて出られると思うよ。話をしたりは、できないかもしれないけど。

エイくんのその言葉を聞いて、美実は少しだけ笑った。でもエイくんの体にしっかりしがみついてもいた。

エイくんが美実の頭のてっぺんに口もとを寄せた。髪の匂いを嗅いだようにも見えたし、キスをしたようにも見えた。どちらでもないのかもしれないし、両方かもしれない。

わたしはいくつかの星が浮かぶ夜空を見て、それから美実とエイくんを見る。

だいじょうぶ。美実は守られてる。もう一人で立つこともできるけど、きちんと誰かに守られてもいる。

わたしだって、美実を守れたのだ。さっき、横顔に息を吹きかけたとき、美実の髪は確かに揺れた。少しくらいは届いていたのだ。息も、想いも。うん。そうだ。わたしはそうだと思いたい。わたしの想いが、美実に届かないわけがないよ。

霊になってよかった。初めてそう思えた。今日このときのために、わたしは霊になったのかもしれない。そんなふうにさえ、思えた。だって、そうだよ。一番の友だちを守れたんだから。

わたしは再び夜空を見る。星の放つ光が強まり、闇がいくらか薄まったように感じる。門が開かれたことも感じる。

わたし、山田絵恋。永遠の十歳。

と言いたいとこだけど、たぶん、永遠の、ではない。今夜までの十歳、だと思う。そのことが、何となく、わかる。

残された時間は、あまりない。最後にあと一度、パパとママの顔を見たい。

だから、もう行くね。

永遠に大好きだよ。

さよなら。美実。

おれ、降臨

どうやらまちがいで死んだらしい。

死んでかなり経った今になって、それがわかった。たまたま昇天証明書を見たのだ。書といっても、紙ではない。天は初めからペーパーレス。だからどう言えばいいだろう。透明な枠みたいなところに文字が浮かんでるだけ。宙に浮かんでるだけ。

天はすべてその調子だ。情報はそこかしこにふわふわしてる。そのなかから必要なものを見ようと思った瞬間に見られる。ただ、必要に迫られることがないから、まず見ない。

地にいたとき、クラウドなるものがあった。おれがあまり得意でなかったIT関連。情報だのソフトだのをネット空間に置いとく、みたいなあれだ。クラウドは雲。あくまでも比喩らしいが、天では実際にそうなってる。すべてが雲のように浮かんでる。

おれは自分の昇天証明書を見ようとしたわけではない。誰のいたずらか、いや、文字どおり天の配剤か、浮かんでたそれに気づいてしまったのだ。

あ、おれのじゃん、と思い、せっかくなので、見た。

高根啓一《たかねけいいち》、の下にうっすら、佃彩斗、とあった。

そういえば、こちらへ昇ってきたとき、ツクダアヤトさんですね？　と訊かれた。おれは訂正したのだ。高根啓一ですよ、と。

基本、天は大雑把。多くのことがゆるゆるだ。それで普通にまわってる。たまにはまちがいも起こる。発覚しても、問題にはされない。何せ、天。今さら問題にしてもしかたないのだ。

天にいると、いろいろ変わってくる。怒りが湧かなくなり、穏やかになる。いるだけで自然とそうなる。おれもそうなった。

が、いくら何でもこれはダメだ。見過ごせない。

そこで、上《うえ》にはっきり訊いた。

「おれはまちがいで死んだんですか?」

「いや、それは」と上は言いづらそうに言った。「まちがいというわけではないんですよ」

「では、どういう?」

「明かしてしまいますとね、あなたが、予定外に動いてしまったんですよ。佃彩斗を、たすけてしまったんですよ」

話を詳しく聞いた。

本当はその佃彩斗が死ぬはずだった。予定外におれがたすけ、代わりに死んでしまったという。地の感じで言えば、こうなる。美談。

おれは車にはねられて死んだ。確かに、前から来た相手を突き飛ばした。そしておれ自身がはねられた。たすけたと上は言ったが、実際にはそんな感じでもない。

おれは三十八歳の会社員、仕事は営業だった。そのときは取引先の会社へと急いでいた。取引先への遅刻は、営業が一番やっちゃいけないことだ。それ一発で契約がなしになることもある。だからおれは全速力で走ってた。

歩行者用信号。青の点滅が終わろうとしてた。終わってはいないからセーフ。そう考え、交差点に飛びこんだ。

横断歩道を前からガキが歩いてきた。いや、天の者として、ガキは言葉が悪い。言い直す。小学生の男子が歩いてきた。

右からトラックも走ってきた。突っこんできた感じだ。

ドライバーにしてみれば、交差点から早く出たかったのだろう。対向車がちょっと途切れたから無理やり右折しようとしたのだ。それで歩行者への注意が疎《おろそ》かになり、男子の姿を見落とした。男子にしてみれば、トラックがいるのは自身の左後方。しかも信号は青。注意のしようがない。気づきようがない。

男子に向かって走ってたおれには、すべてが見えてた。トラックはすでにノーブレーキで男子に迫ってた。

これはヤバいやつだ、と瞬時にわかった。考える必要はなかった。三十八歳、すでにおっさんだが、体は勝手に動いた。おれは男子をよけなかった。よけるどころか、突き飛ばした。ためらわず、かなりの力で。なるべく遠くへ行け、とばかりに。

男子はそこそこ遠くへ行ってくれたはず。転んですり傷ぐらいはできたかもしれないが、ランドセルを背負ってたから頭は打たなかったはずだ。

おれもそのまま逃げきれればよかった。そうはいかなかった。やはり三十八歳のおっさん、日頃の運動不足も祟《たた》った。あと一歩が出なかった。

おれはトラックに引っかけられ、終わった。バツンと。まさにシャットダウン。

でもそれで男子がたすかったのならよかった。おれ自身走ってたから、流れのままにそうできた。歩いてたら、素早く男子に駆け寄って、とはいかなかっただろう。

だから本当に、たすけた感じではなかった。強い意志で身を捧げた、というようなことではまったくなかった。

そしてこれもまた天にいるからかもしれないが。そうなったことを悔やむ気持ちはまったくない。不思議とない。

ただ。真尋《まひろ》と真白《ましろ》には会いたい。

何だろう。まちがいで死んだことに気づいてからは、その思いが強くなった。事故は唐突。おれは二人とちゃんとお別れできてないのだ。

天の者が地に降りることはできない。わかってる。

が、おれは地での営業経験を活かし、上に言ってみた。

「まあ、まちがいはあると思いますよ。それはしかたない。でも天として、何もしないのはマズいんじゃないですか？　地の者たちみたいに不都合を隠しちゃうのは、マズいんじゃないですか？」

「いや、別に隠しては」

「隠すならちゃんと隠してほしかったですよ。昇天証明書の名前をちゃんと消しといてほしかったですよ」

「だからそれがつまり隠してはいないということでしてね」

「おれを降ろしてくれませんか？」

「え？」

「地に」

「いやいや。無理無理」

「まちがいで死なせたんだから、そのくらいのことはしましょうよ」

「いや、だからまちがいで死なせたわけでは。あなたが予定外の行動をしてしまっただけで」

「それは知りませんよ。もしそうなら、その子をたすけるなと事前に言っといてくださいよ」

「そんな無茶な」

「せめて妻と娘の顔を間近で見させてください。一度でいいですから」

「それはね、あなたにとってもいいことではないんですよ」

「このままここにいるのもいいことではないですよ。降りるだけ。何もしませんから」

「もちろんです。まず、何もできませんしね」

「一度だけ。お願いします」

「うーん」上はためにためて、言った。「しかたない。では特例として一度だけ。地で言うところの、一日だけ」

　決定。

　言ってみるものだ。


　天から地に降りた。あっさりとだ。

　では降ろします、と上に言われ、次の瞬間にはもう降りてた。

　見ようによっては天からの使いだが、天使ではない。天使は別にいて、面倒な仕事をしてる。だから今のおれは、霊に近い。

　地をさまよう霊は、球形となってふわふわほよほよしてる。おれはそれでもない。形は人間。大きさもほぼ同じ。透明人間と言えばわかりやすいか。

　どこにでも行ける。その意味では万能。ただし、人間と接触はできない。ものを見聞きすることはできるが、自分の姿を見せたり声を聞かせたりすることはできない。

　初めは一日と言ってたが、半日にされた。地の時間で、十二時間。人間が活動する時間帯ということで、午前十時から午後十時。日をいつにするかは選ばせてもらった。ちょうどよさそうなので、今日にした。

　で、おれは今、地にしては高いところにいる。

東京スカイツリー。せっかく降りたのに、また昇ったのだ。

久しぶりにエレベーターに乗った。人間時代の感覚とちがうので、何か変だった。体重がないからだろう。

高いといっても、四百五十メートル。天から見れば、やはり地だ。天望回廊という場所らしい。その程度で天を名乗るなよ、と言いたくもなるが、まあ、何メートルから上が天、と決まってるわけでもない。地表から上はすべて天、とも言えるのだ。

人間時代はスカイツリーに来たことがなかった。真白がもう少し大きくなったら行こう、と真尋と話してた。小学二年生になったからさあ行こう、と話したところでおれが死んでしまった。まさか人間でなくなってから来るとは。

妻真尋と娘真白。真尋は三十九歳で、真白は十二歳。もう四年経ってしまった。天から見てたから、二人の今の顔も知ってる。でも間近で見ると、やはりちがう。

真白は来年から中学生。大人っぽくなった。確かに女子はこの時期の成長が速いのだな、と思う。

真尋は、まあ、四年分歳をとった。とはいえ、まだギリ三十代。きれいだ。この先もいい歳のとり方ができるだろう。

真白は真尋に似てる。とおれは思ってるが、たまにはおれ似だと言われることもあった。自分ではよくわからない。他人から見れば似てる部分もあるのかもしれない。

でも、おれにはもう似なくていい。これからはどんどん真尋に似てほしい。そもそも、真尋に似てほしいから、その真白という名前をつけたのだ。おれが。

真尋のお腹にいるのが女の子だとわかると、さっそく名前を考えた。真の字か尋の字をつかうつもりでいた。主に真であれこれ考えた。で、真白に行き着いた。

惹かれた。ましろ。まひろに音も似てるとこがよかった。キラキラネームととられるのでは、との懸念もあったが、あきらめきれなかった。漢字だけを見れば、真と白。普通。いいね、と真尋も言った。決めた。

そんな真白と真尋がすぐ近くにいる。実際には触れないが、手を伸ばせば触れる位置にいる。うれしい。

が。

今は近くにもう一人いる。男だ。真尋の交際相手。結婚の約束までしてる相手。

だからおれは今日を選んだのだ。真尋と真白がこの男と一緒にスカイツリーに行くことを知ってたから。月曜だが、真白の学校は休み。日曜参観の振替休日。

真尋と真白がスカイツリーに来るのはこれが初めて。ここまでの四年、来ることはなかった。行きづらくなってしまったのだ。お父さんと行くはずだったから、ということで。

そして真尋には交際相手ができた。事情を知らないその相手にこう言われた。真白ちゃんと三人でスカイツリーに行きましょう。真尋は断らなかった。真尋に話を聞かされた真白も断らなかった。

天から見てたので、真尋に相手がいることは知ってた。それについてどうこう言うつもりはない。むしろよかったと思ってる。真尋もじき四十。再婚はしたほうがいい。するなら早いほうがいい。

ただ、確かめたかったのだ。だいじょうぶな相手かを。

おれにできるのは探ることだけ。だいじょうぶじゃない相手、との結論が出たところで何もできない。いやなことを知って天に戻るだけ。戻って見守るだけ。不安な気持ちは、しばらく天にいれば消えてしまう。わかってる。でも確かめたい。

相手のことも、ある程度は知ってる。

吉見《よしみ》幾真《いくま》。三十八歳。美容師。こんなことを言うのは地にいるほかの美容師さんたちに本当に申し訳ないが。チャラそうだ。しかもバツイチ。二十三歳で結婚し、二十五歳で離婚してる。

美容師らしく、今日のために髪型を変えてきた。後ろと横を少し刈り上げ、上は長めに残す。三十八歳なのに、それが似合ってる。どう考えてもつくり上げた髪なのに、ナチュラルな髪に見えてしまう。ナチュラルなんて不自然な言葉をおれにつかわせてしまう。

幾真という名前もよくない。真尋と真白同様、真がつく。まるで初めからその三人が親子になることが決まってたみたいに。

どこでこんなのを見つけてきたんだ、真尋。と言いたくもなるが、どこで見つけたかは知ってる。美容院で、美容師とお客として知り合ったのだ。まあ、そこはよかった。路上でナンパされたり、ナゾのパーティーで知り合ったりしたのではなくて。

おれが地で生きてたときから、真尋はその美容院に通ってた。カットの仕上がりがいいので、吉見幾真を指名するようになった。そこは指名料はとらない。タダだ。真尋自身がおれに言ってた。お金をとられるなら指名しないわよ、と。

まあ、真尋はいい。付き合ってるのだから、好きなのだろう。気になるのは、真白と吉見幾真の関係だ。

真白は小六。十二歳。多感も多感な時期。でも吉見幾真を拒んでるようには見えない。はっきりと親しくもないが。距離をとる感じもない。

吉見幾真は真白を真白ちゃんと呼ぶ。真白は吉見幾真を何とも呼ばない。話さないのではない。呼びかけないのだ。いきなり本題から入る。エレベーター速いね、とか、東京タワーよりずっと高いんでしょ？　とか。

吉見幾真も、真白にやたらと話しかけたりはしない。ただ、さすがは美容師。物腰はやわらかい。悔しいが、そこもナチュラルだ。おれのような営業トーク感はない。下から下からいかない。

「真白ちゃん、ここの高さは知ってるよね？」

「うん。六百三十四メートル」

「何でそうなったかは、知ってる？」

「知らない」

「東京は昔、武蔵国だったから、その語呂合わせで六三四にしたらしいよ」

「ムサシの国」

「うん。今の東京よりはずっと広くて、埼玉とか神奈川にもかかってたみたいだけど。ほら、武蔵境とか武蔵浦和とか、今もあるでしょ？」

「武蔵小杉もそれ？」

「たぶん、そう。武蔵小杉なんて、よく知ってるね」

「友だちが引っ越していったから」

「へぇ。あの辺は今、マンションがたくさんあるらしいね」

「その子もマンションだって。高〜いの。でもここよりは、低いのかな」

「ずっと低いと思うよ。確か日本で一番高いマンションでも、二百メートルちょいだから」

「じゃあ、サンシャイン60は？」と真尋が口を挟む。

「あれは、二百四十メートルぐらいじゃなかったかな」

「マンションよりは高いんだ？」

「うん」

「でもここよりは低いんだね」

「そうだね。三分の一まではいかないけど、半分よりは低い」

こいつ調べてきやがったな、と思う。無理もない。おれなら調べてくる。営業のときも、取引先に訊かれそうなことは必ず調べていった。

三人は天望回廊をゆっくりと歩く。周囲を見渡せるガラス張りの廊下だ。

やがて足を止め、手すりにもたれて外の景色を眺める。真白、真尋、吉見幾真、という並び。おれは真白の左にいる。すぐ隣だ。

外はずっと空。かなり下に街。ビルが多い。緑は少ない。

「お父さん、いるかな」といきなり真白が言う。吉見幾真もいるのに言う。

だいじょうぶなのか？　とおれのほうがあわててしまう。

意外にも、真尋と吉見幾真はそんなにあわててない。

おれは真横から真白を見る。

真白は前を見てる。

どうせ聞こえないが、おれは言う。

いるんだよ、真白。お父さん、いつもいる天にじゃなくて、今は真白と同じこっち側にいるんだよ。すぐそこもすぐそこ、真白から二十センチのとこにいるよ。

「ごめんね、幾真くん」と真尋が言い、

「いいよ」と吉見幾真が返す。

二人もその言葉を隠さない。真白に聞かれるのを厭《いと》わない。

「真白ちゃん」と吉見幾真は続ける。

「ん？」

「お父さん、いるよ。このどこかにいて、真白ちゃんを見てる。これからもずっとそうだよ。だから さ、真白ちゃんはお父さんを忘れなくていい。というか、忘れちゃダメ。と僕が言うまでもなく、忘れないか」

「何それ」と真尋が笑う。

「忘れないよ」と真白も言う。「でも四年経つから、顔、ちょっと忘れかけてるかも」

「あ、ひど〜い」と真尋。

四年。経ったのだな、と思う。真白は育った。これからも育つ。忘れていい。忘れたほうがいいのだ。忘れ去りは、しないでほしいけど。

それから、三人は天望デッキというところにエレベーターで下りた。

おれも同行した。天の者だから、行こうと思えばササッと行けちゃうのだが、そこは一緒に行った。

三人はレストランに入った。外の景色を見ながら食事ができるレストランだ。吉見幾真が予約してたため、すぐに案内された。

四人掛けのテーブル席。どうせならおれも座りたかったが、座らなかった。予約は三人ということで、イスが引かれてなかったのだ。

おれも思ったことを、真白が言う。

「すごい。値段、高そう」

「ね。お母さんもそう思った」と真尋が続く。

「真白ちゃんのためなら高くないよ」と吉見幾真が言う。「って、ごめん。それは押しつけがましいな」

というその言い方が押しつけがましくなくて、いやになる。吉見幾真、カッコつけやがって。あそこで死んでなかったら、おれも真尋と真白をスカイツリーに連れてきてただろう。でも、たぶん、このレストランには入らなかった。天望回廊に昇るだけで結構なお金をとられるのだから料理まではいい。まちがいなくそう思ったはずだ。

コースのように順々に出されるランチを、三人はゆっくり食べた。ポワレだのクロケットだのブランマンジェだの、知らない言葉がいくつも出てきた。

クロケットは、見てくれからしてコロッケじゃないのか、と思った。実際に真白が吉見幾真にそう訊いた。

「クロケットって、コロッケのこと？」

「同じではないのかな。クロケットはさ、じゃがいもをつかってないんだよ」

うーむ。とおれはうなった。これは調べておいたのではないだろう。初めから知ってたのだ。吉見幾真はいちいちおれの上を行く。腹立たしい。

一時間半をかけて食事を終えると、三人はレストランを出て、同じフロアにある物販店に入った。みやげもの屋だ。オフィシャルショップとかいうやつ。

そこでも吉見幾真は真白に言った。

「好きなのを選んで。何でも買って」

何でもは言いすぎだろ、と思った。金で真白の気を引こうとしやがって。

「そう言われたからって何でも買っちゃダメよ」と真尋がストップをかけた。

ナイス真尋。というか、それはそれで微妙。こうなったら何でも買っちゃえ、真白。二万円分ぐらい買っちゃえ。

と、そのあたりで思った。

おれは、何というか、人間ぽくなってる。感覚が人間的になってる。吉見幾真の悪いとこを探そうとしてる。はっきり言えば、嫉妬してる。

やっとわかった。上が言ってた、あなたにとってもいいことではない。あれはこういうことなのだ。人間に近づきすぎる。寄りすぎる。

確かに、よくはない。どんなに寄ったところで、人間に戻れるわけではない。吉見幾真が実はとんでもない浮気野郎だったとしても、おれは何もできないのだ。妻に手を上げるＤＶ野郎、子どもに手を出す最低野郎、だったとしても、どうすることもできないのだ。

そこで、ちょっと休憩。一時的に三人から離れることにした。三人はこのあと錦糸町で映画を観る予定だから、ちょうどいい。

どこへ行こうか考え、いいことを思いついた。佃彩斗を見に行くのだ。おれがたすけたことになってる男子。あのときは小学生だったが、今は中学生。

平日の午後二時前。おれは中学へ飛んだ。

スカイツリーがあるのは墨田区で、佃彩斗の中学があるのは新宿区。でも東京メトロ半蔵門線から都営新宿線に乗り換えたりはせず、天の者らしくササッと移動した。校門を通ったりもせず、直《ちょく》で教室へ。

二年C組。五時間目の授業は英語だった。

顔は知ってるからすぐにわかった。佃彩斗は、窓際の列、前から四番めの席に座ってた。明らかに先生の話を聞いてない感じで、ぼんやり外を見てた。

先生は三十代男性。列の前から順番に生徒を指していった。それぞれ二ページぐらいずつ、教科書を読ませるのだ。

で、その列がまさに窓際の列。前の生徒が読んだところまでの解説を終えた先生が言う。

「はい、次。佃」

「えっ?」佃彩斗はガタンとイスを鳴らして立ち上がる。「えーと、どこですか?」

「三十八ページの五行め。ちゃんと聞いとけ」

佃彩斗は読みはじめた。発音は見事にたどたどしかった。

今どきの子はもっと英語に慣れてるのかと思った。こんな子もいるのだとわかり、ちょっと安心した。

四年前。佃家の人たちはおれの葬儀に参列した。その少しあとにあらためて高根家を訪ね、お礼も言った。

真尋の対応は立派だった。よかったです、とはっきり言った。彩斗くんがたすかってよかった。夫もそう思ってると思います。

おれは流れで佃彩斗をたすけたから、そこまで強くよかったと思ってたわけではない。でも真尋がそう言ったのを聞いて、よかった、と思った。

五時間目の英語に続き、六時間目は国語だった。

先生は四十代男性。今度は前から順にでなく、抜き打ち的に佃彩斗を指した。

「じゃ、佃。読んで」

「え〜っ」と佃彩斗は声を上げた。「ぼく、五時間目も指されたんですけど」

「知らないよ」と先生は苦笑し、続けた。「ほら、読め」

「どっからですか？」

そこも五時間目と同じ。また聞いてないのだった。

クラスの子たちは笑った。

「不満を言うのは授業を聞いてからにしてくれよ」と怒りつつ、先生も笑った。

先生にしてみれば指したくなる生徒なんだろうな、とおれは思った。

佃彩斗は読みはじめた。その朗読もたどたどしかった。おいおい、英語はしかたないけど国語はがんばれよ、と思った。
五、六時間目を終えると、次は掃除の時間だった。
五時間目と六時間目のあいだの休み時間にも感じたが、その掃除の時間で確信した。

隣の席の女子、坂本心音《さかもとここね》。同じ班だから掃除の場所も同じになるその坂本心音のことが、佃彩斗は好きだ。大好きだ。

やたらとちょっかいを出すからすぐにわかった。とにかく話しかける。他愛のないいたずらも仕掛ける。反応があれば喜ぶ。

掃除の時間もそう。坂本心音が後ろに運んだ机を、直後にそっと前に戻した。そして言う。坂本、ほら、机。そして言われる。ウザッ。でも佃彩斗はうれしいのだ。自分で運んでよね、とも言われ、嬉々として運ぶ。

その後、帰りの会でも、隣の坂本心音にやはりちょっかいを出し、担任の関口民代《せきぐちたみよ》先生に怒られた。

「ほら、佃。はしゃがない。何で朝も元気で今も元気なのよ」

一度天から見たおれの墓参りを思いだす。

あのときも、佃彩斗は三歳下の妹美晴《みはる》に何かとちょっかいを出してた。そして母の初美《はつみ》からも父の有男《ありお》からも怒られてた。が、好かれてた。愛されてた。見てるだけでそれがわかった。今もわかる。佃彩斗は関口民代先生に怒られてる。が、好かれてもいる。

偶然にもおれがたすけた佃彩斗は、純粋な小学生から不純なバカ中学生へと成長を遂げた。それでいい。不純なバカ中学生は、人として見れば大いに健全だから。

本当によかった。あのとき、佃彩斗を突き飛ばして。

帰りの会の最後の言葉、生徒たちによる「さようなら」を聞いて、おれは二年C組の教室をあとにした。

さてどうするか、と思い、久しぶりに日本橋に行った。

勤めてた会社が日銀の近くにあるのだ。新宿はおれの営業担当エリア。だから佃彩斗と出くわした。

ササッと会社に行ってみたが、特に感慨はなかった。もう四年経ってるので、人はかなり変わってた。知ってる顔もあるが、あいさつはできない。ならばいてもしかたない。中学で授業を見るのは楽しいが、会社で仕事を見るのは楽しくない。

早々に見切りをつけ、秋葉原の電気街へと移った。

おれはＩＴ関連は苦手だが、時計やカメラは好きなので、そこへはよく行ってた。だから今回も期待して行った。が、いざ着いてみると、あまり楽しくなかった。買うあてがないとそうなるのだとわかった。どれにしよう、と思わないから、ワクワク感がないのだ。

それでも、防災用品だの防犯用品だのを見て、時間を潰した。時間を潰す、というその感覚が懐かしかった。真尋も真白にこんな防犯グッズを持たせたほうがいいな。そう考えることで、少しは興味も持てた。

そして午後六時前。映画を観終えた三人と合流した。待ち合わせは無用。おれが勝手に駆けつけた。

真尋真白と吉見幾真は、東京メトロ半蔵門線の錦糸町駅で別れた。

それはちょっと意外だった。一緒に晩ご飯を食べると思ってたのだ。真白と仲よくなる機会を吉見幾真は最大限に利用するだろうと。

でも真白は明日学校。ということで、吉見幾真は言った。

「今日はすごく楽しかったよ。ありがとう。あとは家でゆっくり休んで」

むむ、と思った。またしても、やりやがった。

吉見幾真。すんなり引くことでカッコをつけやがって。

当然、真尋と真白と同行するつもりでいた。

が、気が変わり、吉見幾真と同行することにした。同行というよりは尾行に近い。おれは天の者。尾行には気づかれない自信がある。

ＪＲの錦糸町駅に戻って電車に乗った吉見幾真は、降りるべき駅で降りず、一つ先まで行った。これも人間的な感覚のせいだろう。一瞬、女のところへ行くのか？　と思った。正解。女は女。姉だった。旧姓吉見の、神戸幾歩《かんべいくほ》。

タワーとまではいかない中層マンション。吉見幾真はエントランスホールのインタホンで来意を告げ、ドアのオートロックを解除してもらったうえで居住スペースに入った。おれも続いた。

十階までエレベーターで行き、神戸家を訪ねる。

ドアを開けて顔を出した神戸幾歩は、確かに吉見幾真に似てた。

「これ、りせちゃんに」と言って、吉見幾真が神戸幾歩に細長い紙包みを渡す。

「何？」

「スカイツリーのおみやげ」

「行ってきたの？」

「うん。真尋さんと真白ちゃんと」

「あぁ」

おみやげは、スカイツリーのオフィシャルショップで買ったものだ。小さなツリーの飾りが付いたペン。二色あり、真白がピンクを選んだので、こちらはブルー。このために吉見幾真は両方買ったのだ。ペンといっても、一本四千円以上。高かった。そんなに儲かるのか、美容師。

「りせは今いないのよ。九時まで塾」

「遅いんだね」

「うん。あとでわたしが迎えに行く。歩いて行けるとこだけど、何かあったらこわいから」

「隆平《りゅうへい》さんは？」

「まだ。帰りはいつも十時ごろ。上がってお茶でも飲んでく？」

「いや、いいよ」

「明日も休みでしょ？　火曜だから」

「休みだけど、いいよ。ご飯どきだし」

「わたし一人だから気にしなくていいわよ」

「でも、ほら、落ちついちゃうと、帰るのが面倒になるし」

「じゃあ、りせに渡しとくわよ。喜ぶと思う。りせは幾真おじさんが好きだから」

「真白ちゃんのことも、好きになってくれるかな」

「ん？」

「りせちゃん、真白ちゃんとも仲よくしてくれるかな」

「だいじょうぶ。仲よくしてってわたしが言うまでもないよ」

「と、僕も思ってはいるけど」

「ならいいじゃない」

「うん。あ、でもそのおみやげ、別に下準備ではないからね。物をあげて懐柔《かいじゅう》しようとしてるわけじゃ、ないからね」

「わかってるわよ。もしそうだとしてもそれでいい。じゃんじゃん懐柔しなさいよ。たぶん、りせも喜んで懐柔されるから」そして神戸幾歩は言う。「それにしてもさ、幾真、思いきったね」

「何が？」

「結婚。あの一度で懲りてもうしないのかと思ったら、子持ちと再婚。しかも相手は寡婦」

「カフ？」

「ダンナさんを亡くした人」

「あぁ」

「お父さんとお母さんも驚いてたわよ」

「驚いてたんだ？」

「驚いてた」

「反対は？」

「それはしてないわよ。だって、されてないでしょ？」

「うん。されてはいない」

「あんたには反対と言わないでわたしには言う、なんてことしないわよ。お父さんもお母さんも」

ややを置いて、吉見幾真は言う。

「もうさ、失敗はしたくないんだよ。だから踏みきれなかった。また簡単に浮気されるんじゃないかって、いつもどうしても不安になっちゃって。でも、真尋さんはだいじょうぶ」

「どうして?」

「わかるんだよ、この人はだいじょうぶだなって」

「前のときも、そう思ったんじゃない?」

「思った。今回はちがうよ。もうあのころほど若くない。少しは人を見られるようになった。で、そうなったうえで確信できる。真尋さんはだいじょうぶ」

横から言ってやりたくなる。というか、言う。どうせ聞こえないから。

真尋はだいじょうぶだよ。決まってる。結婚してるあいだ、おれはその手の不安を覚えたことは一度もないよ。

神戸幾歩が吉見幾真に尋ねる。

「逆のほうは、だいじょうぶ?」

「逆?」

「前のダンナさんのこと。真尋さん、きちんと忘れられるのかな」

「忘れなくていいんだと思うよ」とここでも吉見幾真は言う。「離婚したわけじゃないから、忘れられるはずもないし」

「血のつながりがない子。そう簡単ではないと思うよ」

「うん。でも僕は真白ちゃん、好きだし。というか、愛してるし。と、はっきりそう言えるよ。考えてみたんだよね。いや、ほんとはこんなこと考えちゃいけないんだけど。もし真尋さんが前のダンナさんみたいに死んじゃったとして。僕と真白ちゃんの二人が残されたとして。そのときでも真白ちゃんを愛せるかなって。答はすぐ出たよ」

「何？」

「愛さないわけない。愛せるとか愛せないとかそういう話じゃなくて、愛さないわけがない。だって、真白ちゃんなんだから。真尋さんの娘なんだから」

神戸幾歩は、ちょっと驚いた顔で吉見幾真を見てる。

おれも、たぶん、そうなってる。

悔しいが、しかたない。もう認めるしかない。

吉見幾真はいいやつだ。それは否定できない。

「ここで話すんなら、上がれば？」

「いや、もう帰るよ。りせちゃんによろしく。あと、隆平さんにも」

神戸幾歩と別れ、吉見幾真とおれはまたエレベーターに乗る。一階で降り、エントランスホールを出て、マンションの敷地も出る。

本当に悔しいから、おれは両腕をぶんまわし、自分よりすべてのレベルが高い男、吉見幾真を殴る。当たらないとわかってるからこそ殴る。タコ殴りだ。

「あれ？」と吉見幾真が立ち止まり、あたりを見まわす。

え？　あ、いや、ごめんごめん。と思わず言う。

もちろん、その声も吉見幾真には聞こえない。ただ、おれの気のようなものは感じたのかもしれない。前のダンナさんのパンチが、ちょっとは届いてくれたのかもしれない。

ふと思いだしたように、吉見幾真が空を見る。すでに暗くなってる空。天だ。

おれは吉見幾真の前に立つ。深々と頭を下げて、言う。

真尋と真白を、よろしくお願いします。

宇宙人来訪

昨日、宇宙人が来た。どこにって、おれの部屋にだ。

気がついたら、もういた。壁沿いのソファに一人で座ってた。必要最低限の物しかないワンルームのなかで唯一最低限でもない、二人掛けのソファに。

おれは木の床に敷いたフトンに寝てた。うつらうつらしながら、小便に立とうかどうしようか考えてた。寝る前に缶ビールを何本も飲んだのだ。

いつの間にか目を開けて、壁のほうをぼんやり見てた。部屋は暗かったが、じき目は慣れた。で、思った。誰かいんぞ。

飛び起きるのも面倒なので、そのまま寝てた。前からいたなら今さら飛びかかってきたりはしないだろ。都合よくそう考え、訊いた。

「誰?」

「わたしだ」

そんな答え方があるかよ、と思いつつ、言った。

「知り合い?」

「知り合いではない。初対面だ」

「じゃあ、何でいんだよ」

「調査に来たのだ」

「調査って、何の?」

「地球人のだ」

うわ、ヤバいやつが来た、と思った。そうは言わずにこう言った。

「ここに、入れたのか？」

「入れたのだ」

ますますヤバい。ピッキングでドアのカギを開けたとか、そういうことだろう。そんなやつが、何でソファに座ってんだよ。

「あのさ、電気を点けていいか？」

「電気を点けたらいい」

おれは立ち上がり、壁のスイッチを押した。電気が点いた。目がチカチカし、眼球そのものがチクチク痛んだ。酔いのせいで、体もフラフラした。

ソファのそいつを見た。ぎょっとした。

銀色でテカテカの服を着てた。ツナギのようなそれだ。歳はおれと同じぐらい。髪は、今どき銀行員でも見ない、きっちりした七三分け。

あらためて訊いた。

「で、誰？」

「わたしだ」

「わたしは、何者？」

「宇宙人だ」

「は？」

「我々は、君たち地球人が宇宙人と定義するところのものだ」

言葉がまどろっこしい。英語を直訳した日本語みたいだ。言い方は、宇宙人ぽくない。ワレワレハ、と声を震わせてない。

「どう見ても地球人だけど、宇宙人なのか？」

「そうだ。君たち地球人も宇宙人だが、ここ地球で君たちは自分たちを宇宙人とは考えない。そんな君たちから見た、宇宙人だ。姿を変えてるのだ」

「日本語を、話すんだな」

「日本語も、話すのだ。地球語というものはなく、ここは日本だからな。そのぐらいの調査はできている」

「すげえな」

「すごいのだ」

「それ、宇宙服？」

「君たちから見れば、宇宙服だ」

「ＮＡＳＡ製というよりはＮＩＫＥ製に見えるな。宇宙服というよりはウィンドブレーカーみたいだ」

冗談のつもりだったが、宇宙人は笑わなかった。

「調査っていうのは、何の調査？」

「地球人の生態の調査だ」

「そんなのが、おれのとこにまで来るのか？」

「君のとこにまで来るのだ」

「おれ、別に大したやつじゃないけど。政治家ではないし、公務員でもない。役に立つ情報なんて持ってないよ」

「我々にとってはすべてが情報だ。我々は隅々まで調べている」

「何のために？」

「地球を侵略するためにだ」

「言っちゃうのかよ、それを」

「言っちゃうのだ」

「てことは、宇宙人に見せて、実は悪魔なんじゃないか？　こないだそんな映画を観たよ。悪魔がじゃんじゃん人を殺しちゃうやつ」

「実は悪魔ではない。我々はあくまでも宇宙人だ」

「悪魔でも宇宙人？」

「あくまでも宇宙人、だ。ひらがなだ」

「あぁ。あくまでも、か」

「あくまでも、だ」

「てことは、あれだ、おれはこのあと、記憶を消されたりするわけだ」

「ノーコメントだ」

「何だそれ。どこで覚えたんだよ」

「調査して覚えたのだ」

「おれは、どうすればいいんだ？」

「質問に答えればいいのだ」

「質問に答えたあとで、おれは殺されるんじゃないのか？」

すぐには返事が来なかったので、自分から言った。

「ノーコメント？」

「わたしは君を殺さない。後々、間接的にはそういうことになるかもしれない」

「どういう意味？」

「侵略するという意味だ」

「じゃあ、今日は侵略しないわけだな？」

「今日は侵略しない」

「ならいいか。おれは、質問にただ答えればいいんだな？」

「ただ答えればいいのだ」

「その前に、小便をしてきていいか？」

「小便をしてきたらいい」

トイレに行き、小便をした。

戻ってくると、今度はこう訊いた。

「ビールを飲みながらでもいいか？」

「ビールを飲みながらでもいい」

「よかった。たすかるよ。宇宙人と会話なんて、素面《しらふ》じゃとてもできない」

おれは小さな冷蔵庫のドアを開けた。なかには缶ビールが入ってた。缶ビールしか入ってなかった。

「ビールは知ってる？」

「知っている。アルコールだ」

「飲んだことある？」

「飲んだことはない。我々は地球人が飲むものを飲まない」

「飲んでみれば？　調査のために」

それも冗談のつもりだったが、意外にも宇宙人は言った。

「調査のために飲んでみよう」

こいつ、実はよく飲んでるんじゃないか？　と思いつつ、缶を一つ渡した。そして自分の分を手にフトンへ戻り、座った。

クシッとタブを開けた。泡が溢《あふ》れてこぼれ、フトンを濡らした。気にはならなかった。いつもそうだから。

「宇宙人に乾杯」

そう言って、おれはビールをガブガブ飲んだ。宇宙人もタブを開け、同じように飲んだ。やっぱ飲み慣れてるだろ、と思った。

「もっと飲みたかったら勝手に取って。まだ冷蔵庫に入ってるから」

「勝手に取ろう」

そして調査が始まった。

質問はごくありきたりなものだった。名前に年齢に職業。訊かれるままに答えた。

大井潔武《おおいきよたけ》。三十五歳。元会社員で、現在は無職。

その無職のところではあれこれ訊かれたので、説明した。二ヵ月前までは会社にいたのだと。クビに近い形でやめたのだと。

「要するにさ、取引先から、受けとっちゃいけない類の金を受けとってたわけ。おれは悪くねえんだよ。担当になったとき、上司に言われたんだ。歴代の担当者はずっとそうしてきてるからお前もそうしろって。慣例だから問題ない、受けとらないとかえって面倒なことになるって。でもそれが会社にバレて、責任をとらされた。うまいことやられたよ。トカゲの尻尾切りだな。意味わかるか？　トカゲの尻尾切り」

「わかる。ことわざだ」

「すげえな。そんなことまで知ってんのか」

「知っている。トカゲとヤモリとイモリのちがいまで知っている。調査ずみだ」

「何見て調査してんだよ。百科事典か？」

「ノーコメントだ」

「人事課長に直接言われたよ、今自分からやめれば退職金は出るからって。おれは社内不倫みたいなことをしてた時期もあるんでさ、厄介払いをしたかったんだろうな。退職金をもらってやめたうえで全部バラしてやろうかとも思ったけど、それはしなかったよ」

「どうしてだ」

「したら自分の首を絞めることになるから。おれも金はもらっちゃってるんでね。しかも会社が把握してるよりは多い額をさ。上司はうまいことやりやがったよ。バレる直前、その取引先の関連会社に素早く転職した。マジでクソ野郎だよ。最後の日に女子社員から花束とかもらってやがった。その上司、常盤邦行《ときわくにゆき》ってやつ。こいつも調査してくれよ。いろいろ楽しい話が聞けると思うから。何なら始末しちゃってくれよ」

「始末するというのは、殺すということか？」

「そうだな。殺すってことだ」

そんなことを話すあいだに缶ビールを何本も飲んだ。おれも飲んだし、宇宙人も飲んだ。宇宙人は本当に勝手に冷蔵庫から缶を取りだした。二本めからは第三のビールじゃなく本物のビールばかり選んだ。絶対飲み慣れてるだろ、と思った。

「地球人は成長すると結婚する。君はしているのか？」

「一応な。今は別居中だけど」

「別々に住んでいる、ということだな？」

「ああ。会社をやめたことを話したんだよ。さすがに隠してはおけなかったから。いや、なじられたねぇ。クソみそに言いやがったよ。あんたバカなの？　悪いことだと初めからわかってたでしょ？　って」

「君はバカなのか？」

「バカなんだろうな。うまくしてやられたって意味で、バカだ」

「悪いことだと初めからわかっていたのか？」

「わかってたな。組織ってそういうもんなんだ。おれだっていやだったよ。でもそこで変に断ったら、おれ自身が会社でヤバい立場になる。そういうことを、あいつはわかってねえんだ。きれいごとばっか言いやがったよ。風紀委員みたいに」

「その衝突が原因で、今は別々に住んでいるのか？」

「そう。おれがマンションを出て、このアパートを借りた。だからこれしか物がないんだ。あんたが座ってるそのソファ。それは持ってってくれって言われたよ。買ったときから好きじゃなかったんだとさ。二人でそこに座ってテレビ見たりしてたのに。何ならそこでキスぐらいしたのに。キスは、わかるか？」

「わかる。生殖行為の前段の行為だ」

それには声を出して笑った。手にした缶が揺れ、ビールがフトンにビタビタこぼれた。

「妻の名前は？」と訊かれ、

「せい子《こ》」と答えた。

久しぶりにその名を口にした。最近は呼ぶこともなくなってたのだ。なあ、とか、おい、とか言うだけになってた。

せい子とめい子《こ》の堂島《どうじま》姉妹。姉のせい子じゃなく、妹のめい子にしとけばよかった。せい子よりくだけためい子なら、わかってくれたかもしれない。おれの難しい立場を理解してくれたかもしれない。

初めから、めい子のほうがよかったのだ。妹としてせい子に紹介されたとき、はっきりそう思った。顔はせい子よりいいし、性格もよさそうだなと。

でも残念ながら、めい子にはカレシがいた。野瀬貫也《のせかんや》。紹介されてからしばらくしてその野瀬と結婚した。しかたなく、おれもせい子と結婚したのだ。

野瀬がいようがいまいが、めい子に声をかけてみればよかった。めい子もそれを期待してたかもしれない。あのつまんなそうな野瀬よりはおれのほうが、めい子とは合ってたはずだ。

「今バスタブにいるのが大井せい子か？」

「ああ。あれがせい子だよ」

「我々の調査にはなかった。メスもネクタイをするのだな」

「おれがさせたんだよ。ちょっと強く締めすぎた」

「自分の首は絞めなかった君が、妻の首は絞めたのだな」

「話がしたいって言うからさ、呼んだんだよ。また散々グチグチ言われて、最後には離婚を切りだされて、ついカッとなった。ここにいられると邪魔だから、あっちに運んだんだ」

「だから服を着てバスタブにいるのだな」

「だから服を着てバスタブにいるのだよ」と宇宙人の口調をまねて言ってみた。

宇宙人は無表情。怒りもしなければ笑いもしなかった。

「地球人は地球人を殺すのだな」

「地球人は地球人を殺すよ。結構殺すな」

「知っている。我々の調査にもある」

「その裏付けくらいにはなったか？」

「その裏付けくらいにはなった」

「ならよかった。調査に協力できたわけだ。なあ、もしかして、だからおれが調査の対象に選ばれたのか？　妻を殺した男だから」

ノーコメントかと思ったが、宇宙人は言った。

「無作為に選んだら、こうなっていたのだ」

「そうか。すごいのを引き当てたな」

「すごいのを引き当てた」

「あんた、ほんとに宇宙人なんだろ？　おれら地球人が宇宙人と定義するところのもの、なんだろ？」

「そうだ」

「だったらさ、バスタブのあれも始末してくれよ」

「始末は、もう君がした」

「この場合の始末は、片づけだよ。殺すって意味じゃなく、あと片づけって意味。ドアのカギも窓のシャッターも閉まってんのに入ってこられるあんたなら、そのくらい簡単にできんだろ？」

「できない。わたしはドアから入ったのだ。ドアのカギは、開いていたのだ」

「うそだろ？　マジかよ」

「マジだ。ドアのカギは開いていた。今も開いている」

せい子をああしたあと、コンビニに行き、缶ビールを大量に買って戻った。そのときに閉め忘れたのだろう。両手がふさがってたから。

と、覚えてるのはこのあたりまで。

おれは、たぶん、寝てしまった。

で、今起きた。午前十時すぎだ。

宇宙人はいなくなってた。ビールの空缶がいくつもあった。立ってるのもあったし、転がってるのもあった。

酔いは残ってた。寝た分少し引いただけ。

バスタブを見てみた。

せい子はそこにいた。

冷蔵庫のドアを開けた。缶ビールが二本残ってた。二本とも取りだし、フトンへと戻った。

クシッとタブを開け、飲もうとした。手がひどく震えて中身がこぼれたので、一度缶を置いた。

が、そこはフトンの上。缶はすぐ倒れ、結局はほとんどがこぼれた。

二本めも同じことになった。フトンはもはやビショビショ。ビールまみれになった。

「何なんだよ」と言った。

もうストックがない。またコンビニに行くしかない。が、歩いて行くのはダルい。

倒れた空缶のわきにある車のカギが目に留まった。

まあ、いいか。車で。

カギをつかみ、立ち上がる。酔いのせいで、クラッとくる。
せい子のことがバレるまでに、あと何本ビールが飲めるかな。
そう思ったあとに、こう思う。
宇宙人、ほんとにいりゃあな。今すぐにでも、侵略してくれりゃあな。

中《なか》津《つ》巧《たくみ》の余生

強い悪を感じさせる人間がいる。

大井潔武がそうだ。

そんな人間は、自然とわたしを引き寄せる。わたしにしてみれば楽なものだ。わざわざ探す必要がない。

初めて見たときから、わたしは大井潔武に惹きつけられた。悪魔のわたしが見とれてしまうほどの悪を、身にまとっていたからだ。まとうだけでは収まらず、悪はもう、体の外に放たれてもいた。

そのときはちょうど、早死にさせるほかの人間を追っていたのだが、わたしは躊躇なく乗り換えた。繁華街ですれちがっただけの大井潔武を追うことにした。

わたしたちは並んで歩いた。もちろん、大井潔武がわたしを見ることはできない。気配を感じることもできない。

歩きながら、大井潔武は何度も舌打ちした。一分に一度はした。そんなふうに、わかりやすい形で悪を放ちつづけた。

大井潔武はアパートに帰った。

ワンルーム。部屋には物があまり置かれていなかった。小さな洗濯機と小さな冷蔵庫と小さなテレビと電子レンジ。壁沿いに二人掛けのソファ。ベッドはない。木の床にフトンが直接敷かれていた。

大井潔武はテレビをつけた。画面を見るでもなく、ソファに座ったり、フトンに寝転んだりした。

しばらくすると、インタホンのチャイムが鳴った。

受話器での応対はせず、大井潔武はいきなり玄関のドアを開けた。

「遅《おせ》ぇよ」と言った。

「五分遅れただけじゃない」と訪ねてきた女が不満げに返した。

「五分でも遅刻は遅刻だろ」

「家にいるんだからいいでしょ」

「よくねえよ。時間は守れ」

「わかったわよ。ごめんなさい」と女は言ったが、声に謝罪の響きはなかった。

女は、大井せい子。大井潔武の妻だ。大井潔武と同じ三十五歳。二人は夫婦だが、二ヵ月前から別居中。

大井せい子がなかに上がった。

「来るのはわかってるんだから、フトンぐらい上げといてよ」

「このままだって話はできるだろ」

ドスン、という音を立て、大井潔武はそのフトンに座った。

「座れよ」と大井潔武が言い、

「立ったままでいい」と大井せい子が言った。

「そのソファにはもう座りたくないか？」

「まあ、そうね」

二人は話をした。まずは仕事の話。大井潔武が会社をやめた話だ。取引先から不正な金を受けとっていたことが会社にバレてクビに近い形でやめた、という。

つまらない話だが、わたしは黙って聞いた。

「蒸し返すなよ」と大井潔武は大井せい子に言った。「何度同じことを話すんだよ。話したって同じだろ。もとには戻れねえんだから」

「反省はしなさいよ」

「したよ」

「してないでしょ。わたしに謝ってもいないし」

「何でお前に謝んだよ。おれも被害者だろ」

「本気でそう思ってるの？」

「本気でそう思ってるよ」

「バカじゃないの？」

「バカじゃねえよ。どう考えたって、おれは貧乏クジを引かされただけだろ。むしろ同情されるべきだろ」

「同情！　するわよ。そんなふうにしか考えられないあなたに、人として同情するわよ」

「お前、いい加減にしろよ」

「そっちこそいい加減にしてよ」

「そんなことを言うためにわざわざ来たのか？」

「そうじゃない。終わりにするために来た」

「何だよ、終わりって」

「別れて」

「あ？」

「もうわたしと別れて」

「何言ってんだ、お前」

「つい魔が差して悪いことをしちゃうっていうのは、誰にでもあると思う。バレて初めて悪いことだとわかるんでもいいと思う。悪いことだとわかってやったのでも、バレて反省できるならそれでいいと思う。でも、反省できない人とはやっていけない。この先、何度も同じことになるだろうし」

大井せい子は正しい。この先も同じことになる。大井潔武は何度も同じことをする。

「お前、本気で言ってんのか？」

「本気で言ってるわよ」

大井せい子が本気であることは、初めて会うわたしにもわかる。結婚しているくらいだから、大井潔武にもわかるだろう。

「今日はそれを言いに来たのか？」

「そうね」

「ちょっと待てよ。待ってくれよ」

大井潔武はゆっくり立ち上がる。

狭い部屋で、二人が向かい合う。

「なあ、もっと時間をかけて話し合おう」

「もういい。時間はかけたわよ。わたし、ずっと考えた。ほんとにずっと。毎日、仕事をしてるときも、家に帰ってからも」

そう言って、大井せい子は大井潔武に背を向ける。

「待てって」と大井潔武が引き止める。「おれだって考えたよ」

「言うだけでしょ。何も変わってないじゃない」

「おれら、まだちゃんと話し合ってはいないだろ」

言いながら、大井潔武は静かに身を屈め、フトンのわきに落ちていた何かを拾う。クシャクシャの洗濯物に交ざっていた何か。ネクタイ。

「なあ、頼むよ」

大井潔武は大井せい子の背後からその左肩に自分の左手を置く。大井せい子は反応しない。手を振り払ったりもしない。振り払っていれば、気づけたかもしれないのに。

「頼むからおれを」大井潔武は荒い口調に変えてこう続ける。「なめんじゃねえ」

そして両手でネクタイを素早く大井せい子の首にまわし、一気に絞める。

大井せい子は声を出せない。出せたのは、グフッという初めの吐息だけ。

大井潔武は大井せい子の体をフトンのほうに向け、のしかかる。倒れた大井せい子の背中に乗り、さらに力を込めて絞める。大井せい子の体が動かなくなったあとも絞めつづけ、ようやく力を抜く。

人間が、一人死んだ。

驚いた。人間が死んだことにではなく、この場にいながらわたしが何もしなかったことに。すべて大井潔武がやってくれた。大井潔武はやはり、わたしにとって大いに価値のある人間だったのだ。

わたしはいつも手を下してきた。人間を後ろから押す。横から押す。ブレーキの代わりにアクセルを踏ませ、車をコンビニエンスストアに突っこませる。やることは簡単だが、常に自分で手を下してきた。もう何万回もしてきている。だがこんなことは初めてだ。目をつけた人間がほかの人間を殺してくれるというのは。

さすが人間。悪魔ではないのに、悪を内に宿している。

大井せい子は狙った相手ではなかった。が、わたしはきちんと現場にいた。見届けた。これは一人と数えることができる。

あと二人だ。

わたしの世界には三回ルールが存在する。早死にすることが決まっていた人間が三回死ななかったらもう早死にしない、といったルールだ。

失敗が許されるのは二回まで。三回失敗したら、その人間のことはもうあきらめなければならない。つまり敗北するわけだ、悪魔が。

失敗も何度かしているが、ほとんどが二回めまで。手を下そうとしたときに雷が落ちるとか、地震が起こるとか。そうした天変地異に見舞われ、思いどおりの結果にならないこともたまにはある。

天変地異ならしかたがない。納得はできないが、理解はできる。だがごく稀《まれ》に、理解すらできないものもある。

例えばつい最近、わたしは小畑恒人という男を狙っていた。

小畑恒人は大井潔武と同じくワンルームのアパートに住んでいた。同じく仕事もやめていたため、あまり出歩くことがなかった。だからアパートにトラックを突っこませることにした。

仕掛けは単純。アパートのごみ置場でごみを漁っていた野良犬を道路に飛び出させた。運転手が左にハンドルを切り、トラックはアパートに突っこんだ。が、肝心の小畑恒人がいなかった。直前に外出していたのだ。

普段は食料を買いに出るだけ。夜に出ることはないはずだった。まあ、確認を怠ったわたしの手落ちといえば手落ちだ。

小畑恒人はヤモリに連れ出されていたことがわかった。家を守るとされる、ヤモリだ。そんなことあるはずがないと思いつつも、わたしは少し不気味なものを感じた。

小畑恒人の一回めはそれで失敗した。二回めにはとりかかっていない。このまま撤退することも検討している。

唯一の敗北経験がそうさせたのだ。

そのとき狙っていたのは、園田深。

二回の失敗のあと、わたしは三回めにとりかかった。

さすがに慎重になった。バイクで走っている園田深を横から押した。園田深は岩に頭を打って死ぬはずだった。が、わたしが押す直前に急ブレーキをかけたため、そうはならなかった。転倒した位置が微妙にずれたのだ。

わたしは初めて敗北した。時として得体の知れない力が働くこともあるのだと知った。

その敗北で、わたしは罰を受けた。いちどきに三人死なせることを課されたのだ。

いちどきに三人。難しくはない。飛行機を落としてしまえばいいのだから。

だがわたしはそんな陳腐《ちんぷ》なやり方はとらない。質の悪い悪魔にはならない。

そこで機会を窺っていたら、大井潔武と出会ったのだ。ここまで悪魔寄りな人間を、利用しない手はない。

大井潔武があと二人殺せば、計三人と数えることができる。大井せい子のこれを見ればわかる。大井潔武は、やる。やれる人間だ。

大井せい子を運んでバスタブに収めると、大井潔武は出かけた。

どこへ行くのかと思えば、コンビニエンスストアだった。缶ビールを大量に買い、アパートに戻った。

で、どうするのかと思えば、どうもしない。その缶ビールを飲んだ。何本も飲み、寝てしまった。

そして朝になる前に目を覚まし、宇宙人がどうの会社がどうのと独り言をつぶやきながらまたビールを飲んだ。

わたしは確信した。

大井潔武は、破滅へとまっすぐに進める人間だ。

そんな人間が悪をまとっているのだから、申し分ない。

地上に降りると、すべては止まっていた。

すべてといっても、人間が一人。古びた鉄柵に両手と右足をかけたところで止まっていた。

まあ、おれが止めたんだが。

ねずみ色のジャケットのボタンを外しながら、鉄柵に寄っていき、おれは黒のニット帽をかぶった自分の頭を男の股に入れる。

次いで、ふうっと一つ息を吐き、右手で男の腿をポンと叩く。

男が動きだすと同時に、その体をかついで後退する。

「うわわわわわっ！」と男が驚きの声を上げる。

まあ、そうなるだろう。男に、自分が止まっていたという記憶はない。ビルの屋上から飛び下りようとしたら、どこからともなく現れた何者かにいきなり肩車をされたんだから。

「えっ。何？」と男は言う。

おれはさらに数歩後退して身を屈め、男を降ろす。

男は振り向いておれを見る。

「何これ。どうして」と混乱する。「ここに、いた？」

「いた」

「いつから？」

「結構前から」

「後ろ、見たと思うけど。いなかったような」

「いたというよりは来たという感じだな。見てはいたよ」

「で、何？」

「何、とは？」

「えーと」と言い、男は続ける。「止めないでよ」

「止めようとしたわけじゃ、ねえんだな」

「じゃあ、どういうこと？　まず、誰？」

「誰かってのはちょっと説明できないけど、いいもんか悪いもんかで言ったら、いいもんだよ。それはまちがいない」

「見てたって言ったよね。あとを尾けてきたってこと？」

「尾けてはいない。この近くで待ってた。そしたらあんたが来た」

「待ってた？」

「そう。大事な話がある。あんたにとって大事な話だ。聞きなよ」

「死ぬなとかそういうことなら、もういいよ。充分考えて決めたことだから」

「死ぬなとかそういうことじゃ、ないよ」

「じゃあ、何？」

「わかってんのに訊くけど。あんた、中津《なかつ》巧《たくみ》さん？」

「何でそれを」

「何でも何もない。知ってるんだよ。中津巧。三十歳」

「君は、ほんとに、誰？　会ったこと、ないよね」

「会ったことはないな」

「知り合いの知り合いとか？」

「そんなんじゃない。おれはあんたの知り合いも何人か知ってるけど、そっちはおれを知らない」

「よくわかんないよ」

「そこはわかんなくていい。とにかく、あんたは死のうとしてたわけだよな？」

「それは、まあ」

「鉄骨を高いとこから落として人を死なせたから、あんたも高いとこから落ちて死ぬのか？」

「そういうわけでは」

「じゃあ、どういうわけ？」

「その前に。何でそこまで知ってる？」

「だから何でも何もない。知ってるもんは知ってるんだよ。何でかはいいだろ。死のうとしてる人間が今さら知りたがることでもない。で、どういうわけ？」

中津巧は少し考えて、言う。

「人に迷惑がかからないのはこれだと思ったんだよ。マンションとかだと、そこの住人に迷惑がかかるし。かといって自分のアパートで首を吊ると、大家さんに迷惑がかかるし。だからアパートも出たよ。持ち物は全部処分した。家具も、服も」

「こうしたって同じだろ。誰かがあんたを処分しなきゃならない。動かなくなったあんたを」

「でも、その一度ですむというか。あとあとまでどうこうはないだろうから」

「それでこのビルか」

「そう。ここは取り壊されるみたいだし。また何か建てられはするだろうけど、実際に建てられてからよりはいいと思って」

中津巧がその場にしゃがむ。尻をつけはせずに。

おれはしゃがまない。立ったまま中津巧を見て、言う。

「あんたはこんなビルをつくる会社で働いてたんだな」

「そう。建設会社。結構いいところだよ」

「みたいだな」

「二級建築施工管理技士って、わかる？」

「何となくは」

「僕はそれだったんだ。現場の責任者は一級を持ってる上司だったけど。でもやっぱり責任は僕にもあった。管理は、甘かった」

「執行猶予が付いたんだろ？」

「うん。でも、二人が亡くなってるからね」

「会社はやめたわけだ」

「当然そうなるよね。仮にいさせてくれるとしても、僕自身がもう無理だし」

「で？」

「アルバイトをしたよ。飲食店なら簡単に雇ってもらえた。でもさ、やっぱりダメなんだ」

「何が？」

「笑えないんだよ。接客業なのに。愛想笑いさえ無理。僕が笑っちゃいけないと思っちゃうんだよ、どうしても」

「つい笑っちゃうことも、ないのか？」

「ある。例えば小さい子が遊んでるのを見たときとか。でも、自分が笑ってるのに気づいて後悔する。いやな気持ちになる。ずっとそうなんだよ。そんなのが、この先もずっと続く」

「それはわかんないだろ。何年か経てば変わるかもしれない」

「そうはならないよ。わかるんだ、苦しみは消えないって。消えちゃいけないと、自分で思ってるし」

「で、今こうなったと」

「そう。もう無職。アルバイトもやめてきたよ」

「死んで詫《わ》びるってこと？」

「それもあるけど。正直に言えば、この状況から解放されたいって気持ちのほうが強いかな」

「ほんとに正直だな」

「死のうと決めたからね。隠すことなんて何もないよ」

「強いのか弱いのかわかんねえな」

「弱いんだよ」

「そうか」

「うん」

中津巧が尻を下につける。いわゆる体育座りになる。おれに言う。

「それで、話って？　どう説得されても、死ぬのはやめないよ。それでやめるくらいなら、初めからここに来てない」

「やめさせるつもりはないよ。むしろ、やめられたら困る」

「どういうこと？」

「あんたは死ぬ。それでいい。ただ、どうせならほかの人間をたすけて死ねよ」

「ほかの人間て、誰？」

「明日の朝な。昼に近い朝。午前十時四十六分」

「何？」

「五人が死ぬんだよ。保育園児四人と保育士一人。計五人」

「どうして？」

「車の事故だな。ひどい事故だ。保育園児を何人か乗せて保育士が手で押す車があるだろ？」

「お散歩カーみたいなの？」

「それ。そのお散歩カーに車が突っこむんだ。酒酔い運転の車が」

「うわっ」

「五人全員が死ぬ。まともに突っこむから」

「そういうの、たまにニュースで見るよ。いやな話だよね。僕が言っちゃいけないけど」

「言っていいだろ。あんたは酒を飲んで仕事をしてたわけじゃないから」

「だとしても、言えないよ」

「まあ、いい。とにかくな、そんな事故が起こる」

「僕と、何か関係がある？」

「ないといえばない。あるといえばある。保育園児のなかに、あんたが死なせた男の姪がいる。男の姉の子だな」

「河合、さん」と中津巧が自ら名前を出す。

「そう。河合英道」

「うん」

「河合英道は、姪をとてもかわいがってた。姪なのに目に入れても痛くないと姉に言ってた。人間が人間を目に入れたら、たぶん、痛いけどな」

「例えだよ」

「ああ。例えだ」

「でも、わかるよ。姪っ子。かわいいだろうね」

いつもならここまでは言わないが、おれはあえて言う。匿名では実感が湧かないだろうから。

「小柴条《こしばじょう》、泉穂高《いずみほだか》、井野双葉《いのふたば》、町田菜子《まちだなこ》、笹岡時恵《ささおかときえ》。それが死ぬ五人。最後の一人が保育士だ。先生だな。で、町田菜子が河合英道の姪。姉の娘だから名字はちがう」

「マチダナコちゃん。死んじゃうの？」

「そうだ。でも場合によっては、死なないようにすることもできる」

「え？」

「あんた次第で」

「それは、どういう？」

「あんたが止めるんだよ」

「止めるって、事故を？」

「車を、だな。身を以て止める。代わりにあんたがぶつかることで、車を止める」

「事故自体は、止められないの？」

「止められない。事故が起こることは決まってる。そこは動かせない」

悪魔が動いちゃってるからな、とは言わない。

「それは、未来のことだよね？」

「未来のことだな」

「何か普通のことみたいに聞いちゃったけど。それを、信じろと？」

「信じろよ。疑ってどうなるもんでもないだろ」

「なくはないような」

「信じたところで、何かマイナスがあるか？」

「マイナスはないけど」

「あんたが死ぬことは変わらないんだろ？　その時間を少し後ろにずらすだけだ。疑うならそれでもいい。明日その時間になるのを待って何も起きなかったら、またここに来て飛べよ。おれはもう来ないから。どうだ？」

「いきなりそんなこと言われても」

「ものごとはいつもいきなり起こるんだよ。その事故もそうだ。保育園児たちも保育士も予想なんかしてない。いきなりだ。あっと思った次の瞬間にはもう終わってる。ついでに言うとな。河合英道は、あっとすら思ってないよ。歩いてたらいきなり鉄骨が落ちてきたわけだから。後ろにいた北山七美は、あっと思ったけどな」

そう。北山七美は、上から鉄骨が落ちてきたことに気づいた。カレシの河合英道をたすけるべく、とっさに駆け寄ったのだ。そして二人とも鉄骨の下敷きになった。

「悪魔」と中津巧が言う。

「ん？」

「ではないんだよね？　君は」

「そう思う？」

「思うよ。前にそんな映画も観た。悪魔が人を操って最後には死なせちゃうとか、そういうの。初めは、君が自殺を止めようとしただけだと思った。でも話を聞いて、今度は悪魔かと思った。だって、結局は僕が死ぬのを止めないんだからね」

「で？」

「で、話を最後まで聞いて、やっぱりちがうのかなと思った。五人をたすけようとしてるわけだし」

「おれは悪魔ではないよ。それだけは言っとく。話に裏があると思われたら困るから」

「裏は、ないんだよね？」

「ないよ」

残念ながら、悪魔はいる。おれら天使とは、時々ぶつかる。直接ぶつかりはしないが、人間を介してやり合う。

人間は死ぬ。それは避けられない。でも悪魔はやり過ぎる。人間を死なせるためにほかの人間を巻きこむ。天使はそれを防ぐ。調整する。

悪魔が勝つこともある。天使が勝つこともある。同じような件でも結果は変わる。

最近あったのは、交差点での右折事故。横断歩道を渡ってた歩行者が右折車両にはねられる事故だ。

悪魔が勝って、諸橋知信は死んだ。

天使が勝って、佃彩斗は死ななかった。代わりに高根啓一が死んでしまったが、その後に続く悲劇は避けられた。息子を失って悲嘆に暮れた母親の佃初美が発作的に命を絶つという悲劇は。

まあ、厳密には天使が勝ったとも言えない。実は予定外。すべて高根啓一のおかげなのだ。もう間に合わない、と思ったら、高根啓一が自ら動いてくれた。天使が人間にたすけられた珍しいパターンだ。

それを見てもわかる。これまた残念ながら、悪魔のほうが天使よりも力は強い。細かな能力は天使のほうが上だったりもするが、悪魔は根本の力が強いのだ。荒い波を起こせる。細波《さざなみ》を飲みこんでしまう。

でも天使は抗《あらが》う。プラスを生むことはできなくても、マイナスを減らすことはできる。それをやれると本気で信じられる者のみが、たぶん、天使になる。

「僕は本当にそのマチダナコちゃんを」と中津巧が言う。「あとほかの人たちのことも、たすけられる？」

「それはあんた次第。おれはあんたならやれると思ってる。そうでなきゃ、おれも初めからここに来てない。言っちゃうとさ、これは特例中の特例なんだ。普通、こんなふうに日をまたぎはしない。やることはすべてその場でやる。今回はほんとに特別。こうするべきだとおれが判断した。まちがってはいないと思うよ。あんたを選んだことも」

中津巧は体育座りのままおれを見る。見上げる。

おれもしゃがむ。何故か中津巧を見下ろす気にはならなくて。

「これも特例で教えてやる。山名鮎香《やまなあゆか》は、あんたを恨んじゃいないよ」

「鮎香のことまで知ってるの？」

「知ってる。前のカノジョだよな？　元カノとか言うのか。山名鮎香は、あんたのことを悪いとすら思っちゃいない」

「そんなの、わかんないでしょ」

「わかるんだよ、おれには。人間にはわかんないけど、おれにはわかる。わかっちゃうんだ」

「鮎香」とだけ言って、中津巧は黙る。

「だから、あんたは山名鮎香の前から姿を消す必要はなかった」

「なくはなかったよ。人を二人も死なせた僕が、平然と鮎香の前にいていいわけがない」

「平然とでなければいてもよかった」

「無理だよ、そんなの」

「まあ、そうかもな。あんたはあんたなりに正しい選択をしたんだと思うよ。あんたが近くにいたらいたで、山名鮎香は苦しんだはずだ。好きだからって理由だけであんたと付き合えるかと言ったら、それも難しいしな。人間はそうきれいにはいかない。何万人と見てきてるから、おれにもそのくらいのことはわかる」

「何万人も、見てきてるの?」

「見てきてるよ。あんたはそのうちの一人」

「ねぇ」

「ん?」

「鮎香のこと、もっと何か知ってる?」

「知ってはいるな」

「じゃあ、教えてよ」

「うーん」とおれは考える。まあ、いいか、と思い、言う。「山名鮎香にはカレシがいるよ。皆川《みながわ》豪介《ごうすけ》。まだカレシになったばかりだな。あんたに去られて元気がない山名鮎香を元気づけようとして、そうなった。別にそれ目当てで近づいたわけではないよ。山名鮎香自身、あんたのことを引きずってたらダメだと思ってたんだな」

「そうか」と中津巧は言う。「すごいよ」

「何が?」

「君が。探偵みたいだ。いや、探偵だって、そこまでは調べられないでしょ。鮎香とそのカレシの心情までは」

「おれは、探偵みたいか？」

「みたいだよ」

「前にフリーターみたいだと言われたことはあるけど、探偵は初めてだな」

「そのカレシは、いい人？」

「いい人というのはあやふやな概念だが、今あんたが言う意味でなら、いい人だ」

「ならよかった。安心したよ」

「ならおれもよかった」

「明日。午前十時四十六分、だね？」

「ああ。そうだ」

「場所を、教えてよ」

教えた。

何てことはない道だ。お散歩カーでお散歩をするくらいだから、歩道はある。車道は片道一車線だが、そこそこ広い。

なのに、車は突っこんでしまうわけだ。

おれが場所の説明を終えると、中津巧は言う。

「もし僕の気が変わったら、どうするの？」

「あんたの気は変わらないよ。また言うけど。変わるようなら、おれは初めからここに来てない。

あんたが強い人間でなかったら、半日後に死ねなんてお願いはしてない」

「僕は強い人間じゃないよ」

「いや、強い人間だよ。あんたがそれを自覚してないだけだ」

体育座りのまま、中津巧はおれを見る。

しゃがんだまま、おれも中津巧を見る。言う。

「じゃあ、おれは行くよ。いなくなっても、飛び下りたりすんなよ」

「しないよ」

そう言って、中津巧は初めて少し笑う。

中津巧の余生は半日。楽しめたらいい。


大井潔武は、一寝して、目を覚ます。

フトンの上で身を起こし、部屋のなかを見まわして、ぼんやりする。そして冷蔵庫から、二本残っていた缶ビールを取りだす。

さすが。また酒を飲むつもりだ。起きて数分で。

わたしはそこで初めて動く。といっても、やるのはいつも以上に簡単なこと。大井潔武が手にした缶を震わせ、ビールをこぼす。

大井潔武は缶をフトンに置く。フトンだから安定はしない。缶は倒れ、ビールはすべてこぼれる。

大井潔武は二本めを開ける。

わたしはまた同じことをする。

大井潔武もまた同じことをする。

結果、二本の缶が空き、フトンはビールまみれになる。

わたしは再び動く。大井潔武の視界に車のカギを置く。

大井潔武はそれを手に立ち上がる。右の壁に左の流しにとぶつかりながら玄関へ行き、サンダルを履く。

ドアのカギは開いている。昨夜、ビールを買ってコンビニから戻った際に閉め忘れたのだ。

大井潔武は出ていく。そこでもカギはかけない。バスタブには大井せい子がいるというのに。

中津巧は、ネットカフェの個室で携帯電話を眺めて余生を過ごす。

鮎香という名前と番号をただ画面に表示させるだけ。電話をかけはしない。

念のため、アラームは午前八時にセットした。万が一寝過ごしたら困るからだ。そうなったら、中津巧以上におれが困る。

結局、アラームが鳴ることはない。明け方に少し眠って午前七時に目を覚ました中津巧が解除する。

その後、中津巧はまた携帯電話の画面を眺めて過ごし、歯をみがいたり何だりして、午前九時半にネットカフェを出る。

それで終わりだとおれは思ったのだが。

中津巧はポケットから携帯電話を出し、番号を非通知にする一八四をつけたうえで電話をかける。そこまでを一気にやる。

四度のコールのあと、電話はつながる。

「もしもし」

中津巧は何も言わない。

そのまま三秒が過ぎる。

「もしもし?」と山名鮎香が再度言う。

中津巧はやはり何も言わない。

また三秒が過ぎる。

山名鮎香は鋭い。こんなことを言う。

「巧なの？」

中津巧は何か言いそうになる。が、言わない。通話を切り、携帯電話をポケットにしまう。そして洟《はな》をすすり、両手で両目をこする。

そんなふうに、中津巧の余生は終わる。


大井潔武は、ビールを買うべく、コンビニエンスストアに向かう。酔っているにもかかわらず、車で。

時折蛇行するが、大井潔武自身はまっすぐ走っているつもりでいる。そして不意に声を上げる。

「金！」

財布を忘れたことに気づいたのだ。

わたしは気づいていた。やろうと思えば、車のカギと一緒に財布も目につく場所に置くこともできた。が、それはしなかった。忘れたことに気づいた大井潔武がどうなるか、想像はついたからだ。むしろ忘れさせるべきだと判断した。

「ふざけんなよ！」

そして大井潔武は言う。

「何だよ、せいい子！」

さらにこう続ける。

「何だよ、めい子！」

悪意は煮えたぎる。一瞬で沸騰する。

それでいて、大井潔武の気持ちは冷えている。冷えきっている。

わたしにはわかる。悪を全身にみなぎらせつつも核を冷静に保てる者だけが悪を行えるのだ。言い足せば、継続的に行えるのだ。

前方に、保育園児たちと保育士の姿が見える。左側の歩道だ。保育園児たちを乗せたお散歩カーなるものを保育士が押している。

大井潔武は一気にアクセルを踏みこむ。もうこの車にブレーキはいらない。

わたしはやはり何もする必要がない。

この男はちがう。悪魔になれる器だ。


中津巧は早めに動く。

「下がって！」とお散歩カーを押す保育士に言い、わき道を指す。

そして振り返る。

車は迫っている。段をものともせず歩道に乗り上げる。

運転席には確かに悪魔が乗っている。まだ姿は人間だが、おれには悪魔だとわかる。最期の瞬間、中津巧は両手を真横に広げる。体がきれいな十の字に見える。おれはまったく何もする必要がない。

この男はちがう。天使になれる器だ。

この物語はフィクションです。

初出一覧

「レイトショーのケイト・ショウ」小説すばる　二〇一三年七月号
「天使と一宮定男」小説すばる　二〇一一年三月号（掲載時は「今日のお仕事」）
「悪魔と園田深」小説すばる　二〇一四年九月号（掲載時は「抗人」）
「今宵守宮くんと」書き下ろし
「カフェ霜鳥」書き下ろし
「ほよん」小説すばる　二〇一一年八月号
「ＬＯＯＫＥＲ」ａｓｔａ＊　二〇一二年二月号
「おれ、降臨」書き下ろし
「宇宙人来訪」書き下ろし
「中津巧の余生」書き下ろし

小野寺史宜
(おのでら・ふみのり)

千葉県生まれ。2006年『裏へ走り蹴り込め』でオール讀物新人賞を受賞。
2008年、『ROCKER』でポプラ社小説大賞優秀賞を受賞。
著書に『みつばの郵便屋さん』シリーズ、
『東京放浪』、『太郎とさくら』、『ライフ』(以上、ポプラ社)、
『縁』(講談社)、『タクジョ!』(実業之日本社)、
『片見里、二代目坊主と草食男子の不器用リベンジ』(幻冬舎)、
『食っちゃ寝て書いて』(KADOKAWA)、『今夜』(新潮社)、
『ひと』(2019年本屋大賞2位)、『まち』(ともに祥伝社)などがある。

天使と悪魔のシネマ

2021年2月8日　第1刷発行
2022年8月20日　第2刷

著者　小野寺史宜
発行者　千葉 均
編集　野村浩介
発行所　株式会社ポプラ社
〒102-8519　東京都千代田区麹町4-2-6
一般書ホームページ　www.webasta.jp

印刷・製本　中央精版印刷株式会社

P8008325

© Fuminori Onodera 2021 Printed in Japan N.D.C. 913 247p 20cm ISBN978-4-591-16902-5